TAKE
SHOBO

愛淫の代償
囚われの小鳥姫

七福さゆり

Illustration
高野 弓

JN266917

MitsuNeko

愛淫の代償　囚われの小鳥姫

contents

イラスト／高野弓

愛淫の代償

囚われの小鳥姫

プロローグ　茨《いばら》の鳥籠

「お父様！　もう、いい加減にしてください！」

晩餐《ばんさん》時に、『明日も舞踏会を催す』と告げたファントム国の王である父アルマンの言葉に、第一王女であるレティシア・ベタンクールは菫色《すみれいろ》の瞳を怒りに揺らし、激昂《げっこう》した。

「レティシア、お前は私の決めたことに不満を言うのが趣味なのか？　気分が悪い。お前の顔を見ていると反吐《へど》がでそうだ。部屋に下がれ」

「いいえ、お父様がこれ以上贅沢《ぜいたく》をおやめになってくださるとお約束していただけるまで、下がりません」

ファントム国は今では大国と呼ばれているが、ほんの十数年ほど前まではとても小さな国だった。

ファントム国の王であるアルマンは、国が始まって以来の野心家だ。

王位に就いてからは『小国の王などで終わりたくない』と他国への侵略を重ねて領土を広げ、恐ろしいほどの速さでファントムを大国へと発展させたが、彼の心は全く潤っていなかった。

夜は静かでつまらないから嫌いだと、毎日のように贅沢を詰め込んだ夜会を開き、さらに国を大きくしたいと、他国への侵略を続けている。

そんなことを何年も続けていれば、当然国の財政が逼迫《ひっぱく》されることは目に見えていた。案の定財政難に陥り、それを補うようにと矛先が向けられたのは国民から徴収する税金だった。年収の九割を税金として取り上げられ、国民達は飢餓に苦しんでいた。それを知っていながらもアルマンは贅沢や侵略を止めようとしない。いつしか彼は『悪王』と呼ばれ、国民達の憎しみの象徴となった。

「これが贅沢など、お前はおかしなことを言うものだ。これは私にとって〝贅沢〟ではなく、〝普通〟だ。いつもそう言っているだろう」

アルマンは立派な髭《ひげ》を弄《いじ》りながら、唇を皮肉気に吊《つ》り上《あ》げる。

「無理な課税に国民達がどれほど苦しんでいるかはご存知《ぞんじ》でしょう？　お父様は心が痛まないのですか？」

夜会を一度開くお金があれば、どれほどの国民を飢えから救うことができるだろう。

レティシアが食って掛かる姿を好奇と憐みの目で見つめるのは、アルマンのたくさんの側室達とレティシアの腹違いの弟王子や妹姫だ。

「お姉様ったら、またそんなつまらないことを仰《おっしゃ》るのぉ？　夜会は開くべきですわ。だって、ただ静かな夜を過ごすよりも、楽しい夜になる方が良いに決まっている」

「その通りだね。お父様に刃向うなんて馬鹿な真似《まね》は、今すぐに改めるべきだと僕は思うな」

側室だけではなく腹違いの弟王子や妹姫は皆アルマンの肩を持ち、たった一人だけ国民側につくレティシアを異端にあしらっていた。

「正妃の子であるレティシアよりも、側室の子であるお前達の方が良くわかっているなど皮肉なものだな。ああ、そうだ。つい最近我が領土となった海辺の小国にお前達の別荘として、城を建ててやろう。そこを好きに使うと良い」

アルマンの一言に弟王子と妹姫達が、食事の手を止めて歓喜の声をあげる。

「でも、僕は海よりも山の方がいいな。狩りがしたいし」

「ふむ、ではどこか山がある国を侵略することにしよう」

耳を疑うような言葉にレティシアは席を立ち、思わず父に駆け寄った。

「ご、ご冗談はよしてください！　新たに城を建てるお金があったら、国民の税を軽くすべきです。それに我が国は、もう侵略なんてする必要……」

「ああ、煩《うるさ》い娘だ……！」

苛立ったアルマンに頬《ほお》を打たれ、華奢《きやしや》なレティシアは衝撃に耐えられず、そのまま床に崩れ落ちた。

「きゃ……っ！」

弟王子や妹姫は侮蔑の視線を送り、使用人達は狼狽《ろうばい》しながらも動くことができない。

「レティシア様！」

そんな中、唯一駆け寄ってきたのは、月の光を紡いだような眩《まばゆ》い銀髪を持ち、黒の皺《しわ》一つない燕尾服《えんびふく》を着た美しい青年だった。良く晴れた空のように青い瞳は、アルマンへの怒りに揺れ、凛々《りり》しい眉根は険しく寄せられている。

彼の名はサミュエル・バシュレ。三年ほど前からファントム城に仕える執事だ。

「サミュエル、下がれ。レティシアのことは放っておけば良い」

サミュエルは主であるアルマンの言葉を無視し、すぐに跪《ひざまず》いてレティシアの身体を支えた。

「レティシア様、大丈夫ですか……⁉　お怪我《けが》はございませんか⁉」

一瞬何が起きたのかわからなかったが、頬が熱くじんじん痛み出し、ようやく父に打たれたのだと気付く。

「……え、ええ、大丈夫よ。ありがとう、サミュエル」

実の父に殴られたという事実に呆然《ぼうぜん》としながらも、レティシアは乱れて顔にかかった蜂蜜色の髪を手で払い、すぐに立ち上がる。

「お願いですから、もうこれ以上の侵略行為など止めてください！　ご自分の野望よりも、国民の幸せをお考えください……っ！」

「またそんな無駄口を叩《たた》くのか？　毎日、毎日、ぴぃぴぃと小鳥のように煩い娘だ。私はこの世で鳥が一番嫌いだ。喉を潰して、自由に飛ぼうとする羽を全てむしってやりたいほどにな」

再び振り上げられた手を見て、先ほどの痛みを思い出した身体がぎくりと引きつる。けれど苦しむ国民を思えば、逃げることなんてできなかった。

さらに言葉を紡ごうとするレティシアに苛立ったアルマンは、躊躇《ためら》うことなくたくさんの指輪がついた手を振り下ろす。

「……っ」

足に力を入れ、咄嗟《とっさ》に目を瞑《つぶ》った瞬間――大きく肌を打つ音がした。けれど、なんの痛みも感じない。

え……？

どうして、何も痛みを感じないのだろう。

レティシアが恐る恐る目を開くと、見えるはずのアルマンの姿はなく、代わりにサミュエルの大きな背中が見える。

「サ、サミュエル……？」

「サミュエル、どういうつもりだ？」

苛立ったアルマンの声を聞き、レティシアはサミュエルが自分を庇《かば》って殴られたのだと悟った。

なんてこと……！

「レティシア様を殴りたいのでしたら、どうぞお気が済むまで私を殴ってください」

「サミュエル……!?　何を言うの!?　そんなの駄目よ！」

「何……？　執事の分際で、私に逆らう気か？　お前など、私の気持ち一つでどうとでもしてやれるのだぞ」

「ええ、構いません。どうぞお好きな処分を」

主人に鋭く睨《にら》まれても、サミュエルは少しも怯《ひる》まず淡々としている。アルマンは腰に携えていた剣を抜き、彼の頤《おとがい》に当てた。

「や、止めて……っ！　お父様、お願いです！　止めてください……！」

焦るレティシアとは違い、サミュエルは眉根一つも表情を変えない。

長い間睨《にら》み合《あ》っていた二人だったが、アルマンは気怠《けだる》そうなため息をついて剣を鞘《さや》に収めた。

サミュエルはこの城を統括する優秀な執事だ。彼の代わりはそう簡単に見つけることができないだろう。彼を失えば、自分の生活に間違いなく支障が出ると思ったのかアルマンは感情に任せて行動するのを寸前で止めた。

「……不愉快だ。お前の顔も、レティシアの顔も見たくない。下がれ」

「かしこまりました。……レティシア様、部屋までお送りいたします。さあ、こちらへ」

振り返ったサミュエルの顔を見て、レティシアは絶句した。頬が叩かれたせいで赤くなっていただけではなく、指輪のせいで切り傷ができている。

「サ、サミュエル……傷が……っ」

「それでは皆様、失礼致します」

サミュエルはその言葉を途中で遮ると、レティシアをその場から逃がすように、部屋へと連れていってくれた。

自室の扉を閉めたのと同時に、サミュエルは深く頭を下げる。

「サミュエル……?」

「レティシア様、口の中は切れていませんか？　お守りすることができず、申し訳ございません」

辛そうな顔をするサミュエルを見て、レティシアは菫色の瞳に涙を溜《た》めながら、首を左右に振る。

サミュエルは自分の身を顧《かえり》みず、レティシアがこれ以上アルマンから酷《ひど》い仕打ちを受けないように守ってくれたのだ。謝る必要なんてあるはずがない。

「謝らなければならないのは、私の方よ……サミュエル、痛かったでしょう？　ごめんなさい。早く頬の治療をしないと……」

「いいえ、この程度問題ございません。それよりも、レティシア様の頬を冷やす方が先です」

「私は怪我をしていないから大丈夫よ。そこに腰を下ろして待っていて」

自分のことを二の次にしようとするサミュエルを半ば強引に手当てしようとしたが、彼はレティシアの方が大事だと譲らない。だけどレティシアだって、譲るつもりはなかった。

「レティシア様？　頑固も大概にしていただかないと」

「それはサミュエルもだと思うの」

しばらくの間、どちらかが折れるのを待ってじっと見つめ合っていた二人だったが、同時に笑ってしまい、結局はお互いがお互いの手当てをしようということになった。

ソファに腰を下ろし、サミュエルはレティシアの頬をタオルで冷やし、レティシアはサミュエルの傷の手当てをする。

「庇ってくれてありがとう。痛い思いをさせてしまって本当にごめんなさい……」

サミュエルの傷は、そこまで深くなかったようだ。恐らく傷は残らないだろうと、ひとまずホッと胸を撫《な》でおろす。消毒をして、テープを貼ろうとしたらそこまで大げさにしなくて大丈夫だと断られた。

「大したことはございません。私のことよりも、ご自分のことを考えてください」

城に住む側室、弟王子や妹姫、それに使用人達……誰もが悪王であるアルマンには逆らえず、言いなりになっている。

アルマンが黒だと言えば、白い物も黒だと認めるしかないそんな状況の中、サミュエルだけはいつだって自分を見失わず、貫いていた。レティシアはそんな真っ直《ます》ぐな彼を、いつからか密《ひそ》かに恋慕うようになっていたのだった。

「大分赤みは治まってきたようですが……痛みますか？」

頬の痛み以上に、心が痛い。

どうすれば父に自分の声を――国民の声を届けることができるのだろう。

「ええ、大丈夫よ。でも、冷たくて気持ちいいわ。ありがとうサミュエル」

優しい彼にこれ以上心配をかけたくない。動揺が伝わらないように、レティシアはそっと微《ほほ》笑《え》んで答えた。

「レティシア様……私の前で、自分を偽らないでください」

「え……」

「無理に笑わないでください。お辛い時には辛いと顔に出してくださって構いません。いえ、むしろそうして欲しいのです」

真っ直ぐな瞳に見つめられると、冷やされているはずの頬が熱くなるのを感じた。

「サミュエル……」

サミュエルの優しさが傷付いた心に滲《し》みて、目の奥が熱くなり、涙が零《こぼ》れそうになる。

貴方《あなた》はどうしてそんなに優しいの……？

「ありがとう。でも、大丈夫よ」

縋《すが》り付《つ》いてしまいたくなる衝動を堪えてにっこり笑い、震えそうになる声でお礼を言った。

「……私では、頼りないのでしょうか」

青い瞳が悲しみに揺れるのがわかって、レティシアは慌てて首を左右に振った。

「そんなことないわ……！　サミュエルのことはすごく信頼しているし、頼りになる人だと思っているもの」

「では……」

頼って欲しい、という彼の温かい言葉を遮り、レティシアは言葉を続ける。

「いつも迷惑をかけているのに、これ以上だなんて無理よ。でも、気持ちだけいただいておくわね。いつもありがとう、サミュエル」

「私は構いません。それに今までのことも、迷惑だなんて思ったことはありません。貴女《あなた》は一人で頑張りすぎです。もっと私を頼ってください。何も心配などせずに、私に貴女を守らせてください」

貴方はどうしていつも、私が欲しい言葉ばかりくれるのかしら……。

「嬉《うれ》しいわ、ありがとう。でも、やっぱり私……サミュエルにはこれ以上負担をかけたくないわ。貴方には誰よりも幸せになって欲しいの」

アルマンに賛同しようとしないサミュエルの立場は、今ですらきっと危うい。彼に代わる有能な執事は滅多《めった》なことでは現れないと思うが、もし現れたら？

アルマンの剣に貫かれたサミュエルの姿を想像してしまい、レティシアはその場に崩れ落ちそうになる。

涙が零れそうになったレティシアは慌てて立ち上がり、サミュエルに悟られないよう背を向けた。

「ですから、私は負担などと思っていません。ですが、貴女がくださる負担でしたら、私は喜んでいただきます」

「ありがとう。でも、本当に大丈夫よ」

「……っ……私は貴女がこれ以上傷付くところを、見たくないのです。辛いことの全てから貴女を守りたい……」

「傷付いているのは私じゃなくて、国民の方だわ。早くこの状態をなんとかしないといけないのに……」

姫とは名ばかりで、レティシアは茨《いばら》の鳥籠の中からぴぃぴぃと鳴くことしかできない……小鳥のように無力だ。

どうすれば、苦しんでいる国民を救うことができるの……？

今この瞬間も、国民は苦しんでいるのだ。己の無力さがもどかしくて、悔しくて、菫色《すみれいろ》の瞳から、ついに涙をこぼしてしまう。

「レティシア様……」

サミュエルから心配そうな声音で名前を呼ばれると、また涙が溢《あふ》れた。

これ以上、弱くなってはだめ……！

「こんなことでは駄目ね……私、もっと強くなるわ。強くなって、早く国民を元の生活に戻さなきゃ……」

国民を守るのが王族の役目なのに、アルマンは国民を脅《おびや》かしつづけている。

――早く、早くなんとかしなくては……。

涙を拭って、これ以上涙が出ないよう頬の内側の肉を噛《か》む。

「変なことを言ってしまってごめんなさい。私はもう大丈夫だから、貴方は自分の仕事に……っ……ん……!?」

振り返った瞬間――レティシアは大きな手に腰を引き寄せられ、サミュエルに唇を奪われていた。

え……？

唇を奪われていたのは、ほんの一瞬のことだった。

今のは、夢……？

そうとしか思えない。けれど唇には柔らかな感触が残っていて、サミュエルの綺麗《きれい》な顔がとても近くにある。

「サミュ……エル……？」

「……姫である貴女は、もっと楽な生き方ができるはずなのに、どうして茨の道ばかり歩まれるのでしょう」

狼狽して何も答えられずにいると、逞《たくま》しい腕に抱きしめられた。爽やかでいて官能的な香りが鼻腔を擽《くすぐ》り、鼓動が苦しいほどに早くなる。

「でも私は、誰よりも自分に厳しい貴女が好きです」

「え……」

「愛しています。レティシア様」

サミュエルが、私のことを……？

無理矢理止めたはずの涙が、真ん丸くなった菫色の瞳からぽろぽろ零《こぼ》れ落《お》ちていった。

第一章　初恋は温かく逞しい腕に包まれて

レティシアは、ファントム国の王であるアルマンと正妃エリザベスの間に生まれた第一子だ。身体が弱かったエリザベスは、レティシアを産んで数年後に流行病《はやりやまい》をこじらせて亡くなってしまった。そして娘のレティシアも身体が弱く、生まれてから何度も病を患い、生死の境を彷徨《さまよ》った。

『王都の空気がお身体に合わないのかもしれません。自然に囲まれた場所での療養をご提案致します』

——という主治医の言葉に従い、自然に囲まれた母方の祖母の屋敷へ預けられることになった。

レティシアの母であるエリザベスは、公爵家の一人娘だ。公爵である祖父はもうすでに亡くなっていて、王都から馬車で一時間ほどの場所にある屋敷では、祖母と数名の使用人がひっそりと暮らしている。新鮮な空気が身体に良い影響を及ぼしたのか、レティシアは成長するごとに健康な身体へ成長していった。

公爵である祖父から見初められ、嫁ぐまでは庶民だった祖母の方針は、『贅沢《ぜいたく》を当たり前だと思わない。節度のある生活を保つ』ということで、レティシアは王族でありながら、贅沢とは無縁の質素な生活を送っていた。

教育係からは王族としての教育、そして祖母からは貴族以外の国民がどう生活しているかを学ぶ日々――。

体調が良い日には近くにある教会へ行き、身分を隠して奉仕活動にも勤《いそ》しんだ。小さいので力仕事はできなかったけれど、教会を訪れる貧しい人達に一日に一度配る食事作りに、何度も参加させてもらっていた。

「レティシアはいつかこの屋敷を出て城に戻るけれど、私の教えたことを忘れてしまわないでね。国民のことを考えてあげられる優しい姫になるって、約束してちょうだい」

「はい、おばあさま」

国民のことを考えられる優しい姫に――国民の笑顔を守れるような強い姫になりたい。

大好きな祖母の願いだということ以上に、教会の奉仕活動を通して、これはレティシア自身の願いにもなっていった。

早く大きくなって、立派な姫になりたいわ……。

そう希望を胸に持ちながら、王族としての勉強や奉仕活動に勤しむ中、レティシアはあることに気付いた。日に日に教会を訪れる貧しい人々が増えているのに、配ることができる料理の量が少なくなっているのだ。

「近々戦争が始まるようだよ……」

「またかい……？　この国はどうなっちまうんだろうね。税率もどんどん上がるばっかりで、いくら働いても、ちっとも生活が楽になりゃしないよ」

教会を助けるために善意で集まった人達は、口々にこの国の行く末を案じていた。くず野菜が入ったスープは限界までお湯で薄められ、硬いパンはほんの一欠けら。

どうして戦争が起きているの？　どうして税率が上がっていくの？　どうして日に日に飢えていく人々が増えていくの？

屋敷に来る家庭教師は、ファントム国はとても栄えていて、日に日に領土を拡大していると言っていた。栄えているのなら、どうして毎日飢える人が増えていくのだろう。

大人達の重苦しい空気を感じ取り、レティシアは疑問に思っていてもその場で聞くことができなかった。屋敷に帰ったレティシアは待っていた祖母にその疑問をぶつけたが、悲しそうに顔を歪《ゆが》められてしまい『レティシアは優しい姫になって』とお願いされた。なぜ明確な答えを貰《もら》えないのだろう。幼いレティシアにはわからないことだらけだ。

けれど教会の奉仕活動に参加し続け、年齢を重ねていくうちに気付き始めていた。

国民が苦しんでいるのは、父が行う悪政のせいなのではないか――と。

「レティシア……城に戻っても、私の教えを忘れないで。本当にお願いよ……どうか周りに染まらないで」

レティシアが十四歳になった年――祖母はベッドでレティシアの手を握り、何度も何度もそう呟《つぶや》きながら、皮肉にもエリザベスと同じ流行病《はやりやまい》でこの世を去った。

成長して健康体になったレティシアは、祖母の死去と共にファントム城へ戻ることとなる。

「レティシア様、どうか窓から外は覗《のぞ》きませんようにお願い致します」

迎えにきた御者は、なぜか不思議なお願いをしてきた。

「どうして外を見てはいけないの？」

「……レティシア様に、汚らわしい物をお見せするわけにはいきませんから」

汚らわしい物……？

馬車の窓にはカーテンが引かれていて、外が見えないようになっていた。

御者の意味深な物言いが気になって、馬車が走り出してしばらくした頃、レティシアはカーテンをそっと開ける。

大きな物や小さな物が折り重なって、道にたくさん転がっているのが見えた。目を凝らすと、そこに転がっていたのは、痩せ細った人間の死体だった。

「ひっ……！」

どれほど進んでも、死体は途切れることはない。それどころか王都に向かうほど増えている。

――ここは、本当にファントム国なの⁉

涙が溢れて止まらない。目の前には、人々の笑顔なんてどこにもなかった。

◆◇◆

夕日が沈む頃、レティシアを乗せた馬車はファントム城へ到着した。

「レティシア様、大丈夫ですか？　ですから、あれほどカーテンを開けないようお願いしたではないですか……」

衝撃の光景を目にしたレティシアは座っているのが精一杯で、馬車の扉を開けた御者からの声に返答できない。それどころか、流した涙を拭《ぬぐ》うことすらできないでいた。

「……レティシア様は、気分が優れないのでしょうか？」

すると馬車の外から低く艶《つや》のある声が聞こえてきた。誰かがレティシアの様子を窺っているようだ。

「申し訳ございません。馬車の外は見ないようお願いしたのですが、あれを見られてしまいまして……」

「……そうですか。では、私が部屋までお連れしますので」

下がった御者の代わりに現れたのは、漆黒の燕尾《えんび》服《ふく》に身を包んだ美しい銀髪の青年だった。

切れ長の瞳は良く晴れた空のように青く、涙を流しているレティシアを睨むように鋭く見つめている。

だ、れ……？

「初めまして、私は執事のサミュエル・バシュレと申します。お部屋にご案内したいのですが……お一人で歩けますか？」

これがレティシアとサミュエルの出会いだった。

「ご無礼をお許しください。失礼致します」

「あっ……」

サミュエルは一言断りを入れると、言葉が紡げずにいるレティシアを軽々と横抱きにして馬車から下ろす。

すらりとした体躯《たいく》をしているが相当鍛えているのだろう。四階までレティシアを抱いて上ったのに、少しも息が乱れていない。

「このままお連れします」

「こちらがレティシア様のお部屋になります」

廊下にはたくさんの彫刻や絵画が並び、レティシアの部屋にも豪華な調度品が置かれ、ドレスと宝石類は一生かかっても使いきれないのではないかというほどたくさん用意されていた。

自分のことを思って用意してくれた父の気持ちはありがたいと思うが、国民達のことを思えば素直に喜べない。

レティシアをソファへ下ろしたサミュエルは、顔色が優れないようなので医師を呼んでくると部屋を出て行こうとする。

「……あ、の……お医者様は大丈夫。それよりも、お父様はどこに……？　お話しがしたいの……私をお父様の元へ連れていってもらえないかしら」

やっとのことで出した声は、とてもか細く震えていた。

家庭教師からはファントム国は豊かで、レティシアが心配に思うことなど何もない国だとしか教えて貰っていなかった。けれど教会での奉仕活動を通して、そうではないことに気付いている。馬車からの光景を見て、豊かどころか一刻を争う事態だと知った。すぐに父と話して、この国が今どんな状態にあるのか詳しく知りたい。

「アルマン様は自室でお休み中なので、話をするのは難しいかと」

「え……こんな時間にお休みになっているの？」

日が沈みかけているとはいえ、まだ休むには早い。もしかして、どこか身体の具合が悪いのだろうか。身体の調子が悪いせいで国を上手くまとめられていないのではないかと考えるのは、実の父であるアルマンを、まだ信じていたいと思ったからなのかもしれない。

けれどサミュエルから返ってきた答えは、レティシアを絶望へ突き落とした。

「ええ、昨夜も遅くまで夜会が行われておりましたし、本日も盛大な夜会が開かれる予定ですので」

「昨日も開いたのに、今日もあるの……？」

「はい、アルマン様は静かな夜がお嫌いなので、ほぼ毎日行われております」

ほぼ毎日……⁉

驚愕《きょうがく》するレティシアに、サミュエルは淡々と説明する。

「そんな理由で毎日……？　お父様は何を考えていらっしゃるの⁉」

「……レティシア様は、夜会がお嫌いなのでしょうか」

「好きとか嫌いとか、そういう問題じゃないでしょう！　国民が飢えているのに、そんな理由で毎日夜会を行っているなんておかしいわ！」

激昂《げっこう》したレティシアは声を荒げ、サミュエルの横を通り抜けて部屋を出ようとした。

「お待ちください、レティシア様。どちらへ行かれるおつもりですか？」

「お父様の部屋はどこ⁉　眠っていらしても関係ないわ！　お話しをさせて！」

「アルマン様は一度お休みになると、時間になるまで目覚めません。部屋には鍵がかかっておりますし、マスターキーはアルマン様ご自身が持っていらっしゃるので、部屋に入る手段はございません」

もう数時間すれば起きてくるはずだし、ディナーの時間になれば顔を合わせて話すことができると窘《たしな》められたが、レティシアは感情の昂《たかぶ》りをなかなか抑えられない。

気持ちを落ち着かせるためにとサミュエルが淹れてくれた良い香りのする紅茶も、全く口にする気にはなれなかった。

◆◇◆

ディナーが始まるまでの数時間は、レティシアにとって永遠のような時間にも感じられた。

「お前がレティシアか？　久しいな。最後に見た時は小さな赤ん坊だったが、エリザベスと瓜二つ……いや、それ以上に美しく成長したものだ」

「……お久しぶりです。お父様」

この方がお父様……。

レティシアの父であるアルマンは一目で王だとわかるほどの、威厳のある顔立ちをしていた。けれど鋭い印象を与えるつり上がったグレー色の瞳は、なぜかどろどろに濁っているように感じられる。豪奢《ごうしゃ》な衣装に身を包み、耳と首はダイヤモンドとルビーのイヤリングと首飾りで飾られていて、節くれ立った全ての指には大粒の宝石が付いた指輪がはめられていた。

ワイングラスを回すたびに宝石がシャンデリアの光を反射して煌《きら》めく。晩餐《ばんさん》の席には父だけではなく、着飾った美しい魅惑的な女性達や、レティシアより少し年下の少年少女達が、合わせて十数人ほど座っていた。

この方々は、どなたなのかしら……。

「ああ、そうだ。皆を紹介しよう。大人は全員私の側室、この場にいる子は全員お前の腹違いの弟や妹だ」

「えっ！」

レティシアは驚愕し、菫色の瞳を丸くする。

王族が側室を持つことは珍しくないが、これほどの側室がいるとは思わなかった。側室達やきょうだい達が代わる代わる挨拶をしてくれたけれど、たくさん居過ぎて一度ではとても覚えられそうにない。

「それにしても、なぜお前はそんな庶民の着るようなみすぼらしい服を着ている？　私の娘にはふさわしくない装いだ」

「これは……」

ディナーの時間が近づくと、豪華なドレスや眩《まばゆ》い装飾品を持ったメイド達がレティシアを着替えさせるために部屋を訪れた。用意された物は過度に贅沢で、飢えている国民達の顔が脳裏を過《よぎ》れば、着飾る気など起きるわけがない。テーブルにはこの人数でも食べきれないような料理がたくさん並んでいるのに、ほとんど手が付けられていなかった。

「お前のためにと色々用意させたが、趣味に合うものはなかったか？　では、新しく集めさせることにしよう」

アルマンが手を上げて合図すると、脇に控えていたサミュエルが彼の隣に立つ。

「あれはレティシアの趣味に合わなかったようだ。あれとは違うものを集めろ。だが、地味なものは私が好かん。レティシアの美しさを引き立てるような豪華なものだ。良いな？」

「……かしこまりました」

「ああ、それにレティシアはもう十四歳か——そろそろ社交界デビューさせてやらんといかんな。いやその前に私の娘だと皆に紹介しなければいけないな。どちらのパーティーも盛大に行わなくては」

「お、お待ちください！　私はそのようなものは望んでおりません！　そんなことよりもお父様は、今国民がどのような状態にあるのか、ご存知《ぞんじ》なのですか……!?　国民は皆、飢えて苦しんでいるのですよ!?」

激怒してテーブルを叩きながら席を立つレティシアを、アルマンは表情一つ変えずに冷たい眼差《まなざ》しで眺めている。

「ああ、知っている。それがどうかしたのか？」

アルマンは顔色一つ変えず、そう答えた。予測もしていなかった答えが返ってきて、レティシアは耳を疑う。

「ご存知なのに、なぜこのような贅沢ができるのですか？　ここにある食べきれない食事や、煌びやかな衣装や宝石、それに毎日夜会を開くお金は全て国民の血税で賄われているのですよ！　国民に無理な増税を強いてまで、贅沢を貫くおつもりなのですか？」

「私にとって、これは普通の暮らしだ。別に贅沢だと思っていない。それに王族が国民から徴収した税で暮らすのは当たり前だろう。そんなことは、そこに座る幼い王子ですらわかっていることだ」

アルマンはにたりと笑うと、肉料理にかかったソースを指ですくって遊んでいる、物心が付いたばかりであろう幼い王子へ視線を向ける。

そんな……。

教会を訪れる飢えた国民や、馬車から見えた光景が脳裏を過り、レティシアは爪が肌に食い込むほど手を強く握った。王族は国民からの税金を貰い、暮らしている。けれどその代わり、対価として国民を守る義務があるのだ。

国民を守るどころか苦しめている私達は、国民から税金を貰う資格なんてないわ……！

「それに国の資金が足りぬのだから、増税は止《や》むを得《え》ないだろう。我が国は大きくなるためにまだまだ戦争を続けねばならぬからな」

また、戦争……⁉

「お父様は、まだ戦争を続けるおつもりなのですか？」

「当たり前だろう。豊かになるためには、戦争は不可欠だ」

教会での奉仕活動に勤しむ中で、夫や息子が兵になってそのまま帰ってこなかったと涙を流しながら語る人に何人も出会った。戦争に勝っても、負けても、傷付く人がいることに変わりはない。

「……っ……どこも豊かになど、なっていないではないですか……！」

戦争が起こるたび税率が引き上げられ、国民達がますます困窮していくのを見てきた。豊かになるなど嘘《うそ》だ。

「豊かになっている」

「嘘を仰《おつしや》らないで……！　国民達は今この瞬間も飢えと戦っているわ……！」

悲しみに揺れる菫色の瞳を見たアルマンは唇を吊り上げ、血のように赤いワインが入ったグラスをくるりと回す。

「私は嘘など言っていない。誰が『国民』などと言った？」

「え……？」

「戦争を行うたび、豊かになるのは『私の心』だ。国が大きくなっていくたび私の心は満たされ、同時に飢える。だから戦争は続けなくてはならないのだ」

心臓が思いきり握りつぶされたように痛み、頭には沸騰したように熱くなった血液が一気に集まったように感じた。

「いい加減になさって……！」

感情が溢れ、菫色の瞳からはとうとう涙がこぼれた。レティシアは涙を拭いながら、テーブルを囲む側室や、腹違いの弟王子や妹姫を見る。

「これだけの人数がいるのに、どうしてお父様の間違いを正そうとしないの……!?」

激昂《げっこう》するレティシアを、皆目を丸くして眺めている。遅れること一呼吸分、側室の一人が笑い出したのを皮切りに、全員が笑い出した。

「間違い？　ご冗談を……私はアルマン様が正しいと思っていますもの」

「ええ、私もですわ。アルマン様は私達や子供達に豊かな暮らしを与えてくださる最高のお方ですもの。間違いをおかしているはずがございませんわ」

「お言葉ですが、間違っていらっしゃるのはご自分ではなくて？」

側室や腹違いの弟王子や妹姫は、全員でレティシアは間違えている。正しいのはアルマンだと言い放った。元々素直な性格をしているレティシアは、一瞬頭が真っ白になって、足元が崩れそうになる。

私が、間違っているの……？

けれどその時金属音が聞こえて、レティシアは正気を取り戻す。

「失礼致しました」

音を響かせたのは、サミュエルだった。腰に付けていた各部屋のマスターキーを誤って床に落としてしまったらしい。彼は速やかに鍵の束を拾い上げると、腰に付け直す。

何事もなかったように背筋を伸ばし、真っ直ぐに立つサミュエルを見て、レティシアは自分の腰が曲がっていたことに気付いた。

――しっかりしなくては……。

『レティシアはいつかこの屋敷を出て城に戻るけれど、私の教えたことを忘れてしまわないでね。国民のことを考えてあげられる優しい姫になるって、約束してちょうだい』

『レティシア……城に戻っても、私の教えを忘れないで。本当にお願いよ……どうか周りに染まらないで』

祖母の言葉を思い出し、レティシアは姿勢を正して真っ直ぐに立つ。そして真っ直ぐにアルマンを見据え、はっきりと告げた。

「私は間違ってなどおりません。間違っているのは、お父様です」

それからというもの、レティシアはアルマンに悪政を止めるよう毎日何度も進言することを続けた。けれど意見は一向に聞き入れられる気配は訪れない。それどころか夜会の経験がないからそのようなことを言うのだろうと、出席を強制させられそうになったが、レティシアは頑として参加を拒否し通した。

それから一ヶ月後――。

その夜はレティシアのお披露目パーティーが行われる予定だったが、もちろん出席するつもりはない。以前からそう告げていたというのに、父は聞かなかったふりをしてパーティーの準備をさせたのだ。父が用意させた豪奢なドレスや宝石を持ってきたメイド達は、手紙を書き続け、着替えようとしないレティシアを見て、困り顔を浮かべる。

最近のアルマンはレティシアの顔を見ると煩わしそうに顔を顰《しか》め、悪政を止めて欲しいと話しかけようとしても耳を傾けてくれない。聞いてくれないのなら見て貰おうと、レティシアはアルマンに手紙を書いていた。読まずに捨てられる可能性も考え、時間を見つけては何通も書いている。

「レティシア様、そろそろご用意をしないと、パーティー開始に遅れてしまいます」

「それでいいのよ。私は出席するつもりなんてないもの。どうしても出席しろと言うのなら、着飾らずにこのままの衣装で出席させていただくわ」

「それは……」

メイド達は困った表情を浮かべ、口を噤《つぐ》む。

そんなことはアルマンが許してくれないだろう。わかっていてそう言った。

「意地悪なことを言って、ごめんなさい。でも、どうしても出たくないの……あと、毎日持ってきてくれるドレスや宝石も用意してくれなくていいわ。私は自分で持ってきたものがあるから」

レティシアは父が用意した豪華なドレスや贅沢を尽くした装飾品を、一切身に着けようとはしなかった。興味がないわけではない。煌びやかなドレスや装飾品は一人の少女として憧れではあったけれど、国民から搾り取った血税で用意されたこれらは、少しも魅力的に見えない。

今レティシアが着ているドレスは、祖母の屋敷で母が少女時代に着ていたものだ。とても上質な布でできていて着心地が良い。けして華美ではないが、とても可愛らしいデザインでレティシアのお気に入りだ。耳と首元を清楚《せいそ》に飾るアクセサリーは、祖母から誕生日に貰った品で、レティシアの誕生石であるパールが使われている。付けていると祖母が守ってくれているようで心強い。けれどアルマンはみすぼらしいから見たくないと目を背け、側室ときょうだい達からは貧相で王女には見えないと小馬鹿にされていた。

アルマンは一度身に着けたものは、二度と使わない。側室達はアルマンの寵愛《ちょうあい》を受けるため、自分が一番目立つようにと競い合うように着飾っている。夜会は相変わらず毎夜行われていて、国の財政は圧迫される一方——近日中にまた税率をあげようという話が出始めていて、レティシアは焦りを感じていた。着替えを拒み続けていると、サミュエルがやってくる。

「失礼致します。そろそろパーティーのお時間になりますが……」

「サミュエル様、申し訳ございません。レティシア様はパーティーにご出席されないと仰っておりまして……」

サミュエルから説得して欲しいと、メイド達はすがるような目で彼を見る。

「レティシア様、お身体の具合が優れませんか？」

「いえ、体調が悪いわけではないわ。国民が豊かな時になら喜んで出席したけれど、今日の食べる物にも困っている国民から搾り取った血税で、お祝いなんてしてもらえない……」

そうは言いながらも、レティシアの目の前には今日のために用意された煌びやかな衣装や装飾品がある。国民の血税が使われてしまったことは、変わりない。一か月も経《た》つというのに、何も事態を変えられない自分がもどかしい。

「そうですか。わかりました」

「えっ」

サミュエルから返ってきた言葉は、意外なものだった。こんなにあっさり不参加を認められるなど思っていなかったレティシアは、菫色の瞳を丸くする。

「で、ですが、サミュエル様……」

メイド達もレティシアと同じ気持ちだったようで、皆目を丸くしていた。

「何をしているのですか？　早く片付けて、仕事に戻りなさい」

「……か、かしこまりました」

サミュエルの一喝で、メイド達はすぐにドレスや装飾品を持って部屋を出て行く。

「アルマン様には私からお伝えしておきます。それでは、失礼致します」

「あの、待って……！」

メイド達に続いて出て行こうとするサミュエルを、思わず止めてしまう。慌てて立ち上がったものだから、翻ったドレスが書きかけの手紙を引っかけて、床にひらひら落ちていく。

「何か？」

振り返った拍子に月の光を紡いだような銀髪が揺れ、良く晴れた青空のような瞳と目が合う。

なんて綺麗な男の人なのかしら……。

無意識のうちにそう思っていた。どんなに着飾っても、サミュエルの美しさに敵《かな》う者はきっといないだろう。レティシアが手紙に指を伸ばそうとするよりも先に、彼が拾い上げて彼女の手に戻す。

「……ありがとう。あの、どうして、こんな簡単に許してくれたの？」

「もしかして、咎《とが》めて欲しかったのですか？」

小さく笑われ、レティシアは頬《ほお》を膨らませる。

「ち、違うわ。メイド達には止められたから、ただ純粋に気になっただけよ」

「我儘《わがまま》ではなくれっきとした理由があるのですから、お止めする必要性を感じませんでした。それからこれは私個人としての意見ですが……」

いつも真一文字に結ばれているサミュエルの唇が、少しだけ綻《ほころ》ぶのがわかった。

「……私もレティシア様と同じ考えなので、ご意思を尊重したいと思いました」

心臓が大きく跳ね上がるのがわかり、レティシアは思わず自分の左胸をぎゅっと押さえた。

「あ、の……サミュエルも……お父様が行っていることを……良く思っていない……の？」

「ええ、良い王とはかけ離れすぎていると思います」

サミュエルは間髪入れずに答え、恐る恐る質問したレティシアは衝撃を受ける。いくら反発しているとはいえ、レティシアが父に告げ口をする可能性もある中、彼は濁すことをせずにきっぱりと自分の考えを口にした。

なんて正直な人なのかしら……。

「あの、ありがとう……」

この城に来てからは否定される毎日で、こうして自分の意見に賛同して貰えたのは初めてだ。

嬉しさのあまり目の奥が熱くなって、菫色《すみれいろ》の瞳が潤む。

「お礼を言われるようなことを私はしていませんが」

「……でも、……言いたくて……」

言葉を紡ごうとすれば声が震えて、涙が零れそうだ。するとサミュエルはレティシアの右手を取り、まじまじと眺める。

「えっ！　あ、あの……？」

あまりの驚きに、出てきた涙が引っ込む。心臓がどきどきと早鐘を打ち始め、レティシアは狼狽《ろうばい》してしまう。

「最近、随分と熱心に書き物をされているようですね」

「え、ええ……お父様に話を聞いて貰えなくなったから、お手紙で伝えようと思って……」

「失礼致します」

机の上には、すでに出来上がって封をした手紙十数通が乗っている。手袋越しに中指の第一関節をなぞられ、顔がかっと熱くなる。

「サ、サミュエル……？」

「少し赤くなっています。痛みませんか？」

「えっと、ちょっと……だけ？」

今は気持ちが高ぶっているせいか大丈夫だけれど、手紙を書いている時は確かに少し痛みを感じていた。

「短時間にたくさん手紙を書いたせいでしょうね。このまま無理をして書き続ければ、ここが硬くなって、常に痛みを感じるようになるかもしれません」

「そうなの？　でも、書くのを止めるわけにはいかないし……」

「でしたら、こうしましょうか。ペンをお借りします」

サミュエルはレティシアが使っていた羽ペンを手に取ると、指が当たる箇所に布を巻き、治療用のテープでくるくる巻いていく。

「見た目はあまりよろしくありませんが、少しは指への負担が減るはずです。あと少し筆圧を落として書かれると良いと思います」

試し書きをすると、確かに指への負担が少なく感じる。

「すごいわ！　ありがとう、サミュエル！」

その日レティシアは、ここに来てから初めて笑顔になれた。彼といると陽だまりの中を散歩しているみたいに心が温かくて、濁りそうになっていた心が透明になっていくようだ。

レティシアにとって不格好になったペンは、父から贈られた豪華なドレスや宝石よりもきらきら輝いて見える。

「どういたしまして」

それからというものサミュエルは毎日のようにレティシアの部屋を訪れ、ペンに巻いているテープを取り換え、夜中まで起きている時には眠気覚ましのお茶をメイドではなく、自ら持ってきてくれるようになった。

「サミュエルの淹《い》れてくれるお茶って、本当に美味しいわ。これなら朝まで頑張れちゃいそう！」

「この間もそのようなことを言って、机に突っ伏したまま眠っておられましたよ。とても気持ち良さそうな顔をしてお休みになっていたので、じっくりと拝見させていただきました」

「う、嘘……っ！　眺めるなんて酷《ひど》いわ……っ！」

「私に寝顔を盗み見られたくなければ、程よいところで切り上げて、しっかりとお休みになってくださいね」

辛い日々の中——ほんのわずかの時間ではあったけれど、彼と交わす会話が何よりも楽しみで、レティシアはいつの間にかサミュエルへ恋心を抱くようになっていた。

彼がテープを巻いてくれたペンは宝物となり、書いた手紙は数えきれないほどになったけれど、父は一度も目を通してくれなかった。焦る気持ちから父の目が届かない昼間に城を抜け出し、祖母の屋敷でしていたように偽名を使って教会へ潜り込み、慈善活動に勤《いそ》しんだ。時折自分に買い与えられたドレスや宝石を売り払い、匿名で様々な教会に寄付金を贈ることを続けた。

こっそり続けていた活動だったが、いつの間にかそれをサミュエルに知られていたのには驚いた。

慈善活動は根本的な解決にはなっていない。こんな自己満足の行為を咎められるのではないかと思っていたが、彼は立派なことだと応援してくれた。

そうして二年――。

淡い初恋は徐々に大きさを増し、やがては深い愛へと変わって行ったのだった。

◆◇◆

「愛しています。レティシア様」

大きくなったこの想《おも》いがいつか報われるなんて、全く思っていなかった。

「う……そ……」

彼を想うだけで心の中が温かくなって、なんだってできそうな気がする。密《ひそ》かに想っていられるだけで幸せだったのに、これ以上の幸せがあって良いものなのだろうか。

無理矢理止めた涙が、菫色の瞳からぼろぼろと溢れ出した。

「私がそんな嘘を吐《つ》くとお思いですか？」

「い、いえ、そういう意味じゃなくて……私……」

唇に柔らかな感触が残っていても、こうして抱きしめられていても、自分に都合が良い夢を見ているのではないだろうかと思ってしまう。

「……では、私が嘘でこのようなことをするとお思いですか？」

再び唇を奪われ、心臓が大きく跳ね上がった。

――夢じゃ……ない。

二度目の口付けは、ただ触れるだけのものではなかった。何度も角度を変えながら唇を啄《ついば》まれ、時折味見をするようにぺろりと舐《な》められる。

「ん、んんっ……思わな……っ……んっ……！　んぅ……？」

答えようと口を開いた瞬間――肉厚な舌がつるりと入り込んできた。歯列を一本一本丁寧になぞられ、長い舌は口蓋までもくすぐる。

未知の感覚に驚くのと同時に、呼吸が続かなくなった。

「んんっ……ふ……んぅ……っ！」

苦しくてサミュエルの胸元を叩《たた》くと、やっとのことで唇を離して貰えた。レティシアは胸を押さえながら、真っ赤な顔をして呼吸を整える。

「……嫌、でしたか？」

青い瞳が悲しみに揺れるのがわかり、レティシアは慌てて首を左右に振る。

「ち、違……うの……い、い……き……が……苦しくて……」

苦しくて上手く言葉が紡げない。何度も深呼吸をしながら、必死に首を振るレティシアを見て事態を悟ったらしく、サミュエルはくすくす笑い出す。

「まさか、息を止めていたのですか？」

やっと呼吸を整えられたレティシアは、真っ赤な顔をして頷《うなず》く。

「……だ、だって……できない……でしょう？　サミュエルはどうして平気なの？」

長く息を止められる人なのだろうかと思っていたら、またくすくす笑われた。

「いつも通り、鼻からすれば良いのですよ」

「あっ……！」

言われて見れば、確かにそうだ。恥ずかしくて俯《うつむ》くと、額にちゅっと口付けされる。

「口付けは初めてですか？」

「あ、当たり前だわ……口付けだけじゃなくて、人を好きになったのだってサミュエルが初めてで……あっ」

話の流れで、無意識に自分の気持ちを口にしてしまった。

「レティシア様も私のことを想ってくださっている……そう思ってよろしいのですか？」

「……っ……ごめんなさい。今のは……忘れて……」

熱すぎる顔を両手で隠し、身体をよじらせてサミュエルの腕の中から逃れようとしたが、彼は離してくれない。

「離して……サミュエル……」

「なぜですか？」

「国民が苦しんでいるのに、私ばかりが幸せになろうとするなんて、許されないわ……」

嬉《うれ》しいのに、胸が苦しくて堪《たま》らない。すると顔を隠していた手をそっと避けられ、涙に濡《ぬ》れた両頬を大きな手で包み込まれた。

「でも、レティシア様は先ほど仰ってくださいました。私には誰よりも幸せになって欲しいと」

流れた涙が、サミュエルの白い手袋に滲《し》みていく。

「私の幸せを願ってくださるのでしたら、どうか私にレティシア様のお心をください」

「サミュエル……」

「貴女《あなた》が幸せになることを、誰も咎めはしません。むしろ貴女こそ誰よりも幸せにならなければいけない人です」

サミュエルの綺麗な顔が、涙で歪《ゆが》んで見えなくなる。

「でも、私は……」

「レティシア様は何も悪くありません。悪いのは貴女の優しさにつけこんでいる私の方です」

「いいえ、貴方《あなた》は悪くなんてないわ……！」

「いいえ、悪いです。もし貴女が貴女自身を咎めようとするのなら、それは間違いです。貴女は自ら幸せになろうとしているのではなく、私を幸せにしているだけなのですから。レティシア様は人々を救おうと、いつも教会へ手伝いに行きますよね？　それと同じです。これは慈善活動のようなものです」

レティシアが罪悪感を覚えないように、サミュエルは自分が悪者のような言い方をする。

貴方は、どこまで優しい人なのかしら……。

「全然同じじゃないと思うのだけど……」

「同じです。私が同じと言ったら、同じなのです」

子供みたいなことを言うものだから、思わず笑ってしまう。

「やっと笑っていただけましたね。貴女にはずっとそうして笑顔でいて欲しいです」

瞼《まぶた》に口付けを落とされ、涙に濡れたまつ毛が震える。

「愛しています。レティシア様……」

「……っ……サミュエル……貴方は、どうしてそんなに優しいの……？」

切なくて、温かい——心がサミュエルへの気持ちで溢れて、止まらない。名前を呼ぶたびに心が痺《しび》れて、胸の中が甘く痺れる。

誰よりも優しい貴方が大好き……。

「……そうでしょうか？　私はレティシア様が思うほど、優しい人間ではありません。自分勝手な男ですよ」

「サミュエルが？　そんなわけ……きゃっ⁉」

サミュエルはレティシアを横抱きにすると、先ほどまで二人で座っていたソファへ押し倒す。

「ひゃっ……ん……！　サ、サミュエル……？」

組み敷かれたことに気付いたのは、首筋を唇でなぞられてからのことだった。

「欲しい物は、奪ってでも手に入れます。レティシア様の気持ちが自分にあると気付いた今、私はもう、少しも遠慮などするつもりはありません」

「だ、駄目……っ……わ、忘れて……って……言ったもの……」

ちゅ、ちゅ、と首筋に落とされる唇の感触がくすぐったくて、身悶《みもだ》えしてしまう。

「好きな女性からの告白を忘れられるはずがありません。レティシア様は、私の告白を忘れてしまわれるのでしょうか……？」

「そ、それは……」

忘れられるはずがないわ……。

サミュエルは手袋を口で器用に外《はず》し、答えられずにいるレティシアの髪をすくように撫《な》でる。

指が地肌に当たると気持ち良くて、瞳がとろけた。

「もし忘れられてしまわれても、私は何度でも想いを告げさせて頂きます。レティシア様、愛しています」

　彼の真っ直ぐな想いが伝わってきて、涙が止まらない。

「サミュエル……わ、たし……っ……ん、……ぅ……ン……」

　三度目の口付けは、とても情熱的だった。

　口紅を塗る時は何も感じないのに、サミュエルの肉厚でしっとりとした舌で舐められるたび、なぜか甘く痺れる。

「ん……ぅっ……んん……っ……ふ……ぁ……」

　結んでいた唇が自然と解け、甘い吐息が零れる。サミュエルはその瞬間を狙ったかのように深く唇を押し付け、レティシアの唾内《こうない》に舌を潜り込ませた。

「ん！　んん……！」

　長い舌先で口蓋をぬるぬる舐められると、くすぐったいようなもどかしいような未知の感覚がやってきて、声が漏れてしまう。

　狼狽で引きつって、奥に詰まっていた舌が綻ぶ。するとすぐにサミュエルの長い舌に攫《さら》われ、絡められた。

　これは……な……に？

「んんぅ——……ふ……っ……んんぅ……」

　擦り付けられるたびに身体が熱くなり、舌がチョコレートのように溶けていくようで、力が抜けてしまう。

本当に溶けてしまったのではないかと不安になるほど力が全く入らず、サミュエルの胸元を皺《しわ》になるほどぎゅっと掴《つか》んだ。すると根元から形を整えるように吸われ、自分の舌が溶けていないことを知る。

唇が離れても、身体が熱くて力が入らない。それになぜか触れられていないお腹《なか》の奥が切なく疼《うず》き出していて、特にそこが熱い気がする。

どうして……？

思考までぼんやりし始めて、深く考えられない。

「はぁ……サ、サミュエル……わ、私……何か変だわ」

レティシアの開口一番の言葉で、サミュエルの青色の瞳が丸くなる。

「何か……とは？」

「か、身体……が……すごく熱くて……お腹の奥……が、なんだかキュウキュウして……変……なの。それとも……さっき飲んだワインが、身体に合わなかったの……かしら」

そう訴えると、サミュエルの頬《ほお》が少しだけ赤くなる。照れているように見えるのは、気のせいだろうか。

「サミュ……エル……？」

「もう、ですか？」

「え……？」

『もう』とは、どういう意味だろう。それにサミュエルはどうして嬉しそうに微笑《ほほえ》んでいるのだろう。小首を傾《かし》げていると、なぜかドレスのスカートの中に手を入れられた。

「きゃっ……サ、サミュエル？　何をして……」

大きな手は太腿《ふともも》を通り越して、足の付け根へ向かってくる。

とうとうドロワーズの中にまで手が入ってきた時、彼の手がどこを目指しているのかようやく悟った。

「あっ……！　や、や……だ、駄目……っ……きゃ、ぁ……っ」

足を閉じようとしたのに少しも力が入らず、サミュエルの指が秘部にたどり着く。閉じた花びらの中に長い指が差し込まれると、敏感な蕾《つぼみ》が擦れて身体がびくんと跳ね上がった。

「や、ぁっ……!?　……っ……サ、サミュエル……そんなところ……触っちゃ……だ、駄目……ひぅっ……」

剥《む》き出《だ》しになった神経を、指で転がされたみたいだ。

「ワインが身体に合わなかったわけではございませんよ」

サミュエルは唇を綻ばせ、びくびく身悶えを繰り返す花びらから指を引き抜き、レティシアの前に見せた。

サミュエルの長い指はねっとりとした蜜で濡れて、ランプに照らされてテラテラと淫猥《いんわい》に光っていた。

「……え……っ？」

「レティシア様は、キスだけで感じてしまわれた。ということです。もう、こんなにも濡らしていらっしゃるなんて驚きました。とても感じやすい身体をしていらっしゃいますね」

レティシアは家庭教師から教えてもらった性の授業や、教会で手伝いをしていた時に婦人達同士が話していた内容を思い出し、ようやく自分が変になったのではなく感じていたのだと理解した。

「……っ！」

意地悪な顔で微笑まれ、レティシアは真っ赤になった顔を両手で隠した。恥ずかしすぎて、どこかに隠れてしまいたい。

「どうして顔を隠されてしまうのですか？」

「だ、駄目……見ないで……」

淫らな子だって、呆《あき》れられてしまったかしら……。

淑女は清らかで、慎《つつ》ましくなくてはいけないと教わっている。もしかしたら、呆れられるどころか嫌われてしまったかもしれない。

手を避けられそうになり、レティシアはいやいやをするように首を振る。

「顔も合わせたくないほど、私のことを嫌いになってしまわれましたか？」

「え？　そんなわけないわ。私こそ、嫌われてしまったんじゃないかって……」

驚いて両手を退けると、サミュエルの綺麗な顔が間近にあって、心臓が大きく跳ね上がった。

唇は先ほどの口付けでしっとり濡れていて、息を呑むほど艶《つや》っぽい。

「なぜですか？」

「……そ、れは……その……私が……」

自分が淫らだからなどと口にできるわけもなく、レティシアはぷいっと顔を逸《そ》らして口を噤《つぐ》む。

「ああ、もしかして感じやすいことを、気にしていらっしゃるのですか？」

耳元で囁《ささや》かれると低い声に鼓膜が揺さぶられ、息がかかってぞくぞくする。

「……っふ、ぁ……や……っ……み、耳……」

「やはりレティシア様は感じやすいですね」

耳を押さえてちらりとサミュエルに視線を戻すと、彼はまた少しだけ意地悪な顔をして微笑んでいた。

「嫌いになるはずがございません。……ですが、もっと触れたくなります。さあ、私に触れられて気持ち良くなっているお顔をもっと良く見せてください」

長く少しだけごつごつした指で胸に触れられると、身体が大きく跳ね上がってしまう。

「あ……っ……だ、駄目……もう、これ以上は……」

「それは無理なお願いですね。こんなにもお腹を空《す》かせているのに、美味しそうなご馳走《ちそう》を目の前にして去るなんてできません」

「わ、私、ご馳走なんかじゃないわ……食べられないもの……」

「たとえ話ですよ。可愛い人ですね」

空いている方の手で胸元を飾るリボンを解かれ、ボタンが外されていく。乱されないように胸元を隠そうとしても、脱がそうとする彼の動きの方が早い。

ど、どうして片手なのに、こんな早く脱がせることができるの？

あっという間にお腹までボタンを外され、コルセットを身に着けた胸が露《あら》わになる。

「サ、サミュエル……や……み、見ないで……恥ずかしいわ」

「それは結構ですね。恥ずかしがる可愛いレティシア様が見たいので、嬉しいですよ」

「い、意地悪なこと言わないで……」

コルセットを留めているホックをぷつり、ぷつりと一つ一つ外されていくたびに、締め付けられていた胸が元の大きさに戻っていく。

「やぁ……駄目……っ」

力無き抵抗は全く役に立たず、コルセットの押さえがなくなった豊かな胸はサミュエルの眼前にぷるんと零れた。

「綺麗な胸です……初めて会った時には慎ましい程度にしかなかったはずでしたが、この二年で随分と成長されましたね？」

「そ、そんなこと……ないわ。何も変わってなんて……いないもの……」

確かに大きくなった。祖母の屋敷で身に着けていたコルセットが合わなくなり、仕方なく新調したのだから間違いない。けれど成長を認めるのはなんとなく恥ずかしくて、つい嘘を吐いてしまう。

「いいえ、私はレティシア様をずっと見ていたので間違いありませんよ。以前なら私の手にすっぽり収まるはずですが……ほら、見てください」

サミュエルは胸を隠そうとするレティシアの手をそっと避け、豊かな胸を両手で揉《も》みしだく。

「きゃっ……ぁ……！　サ、サミュエル……っ……あ、ン……ぅ……っ……だ、駄目ぇ……」

大きな手が動くたびに、柔らかな胸が形を変える。五本指の間から胸の肉がはみ出る様子がひどく卑猥《ひわい》で、目を塞ぎたくなるほどだ。

ぷくりと起《た》ち上《あ》がった胸の頂が手の平に擦れるたびに、くすぐったいようなもどかしい——淫らな刺激が身体中を駆け巡る。

「ほら、見てください。レティシア様の胸は、私の手に収まりきらないほど、こんなに大きく成長されましたよ？」

「……っ……ん、ぅ……サミュエル、意地悪だわ……いつからそんな意地悪になったの……？」

「私は元々意地悪な男なのですよ。レティシア様に嫌われるのが怖かったので、控えていただけです。幻滅されましたか？」

「幻……滅、するわけ……ないわ……そんなの……絶対……有り得な……」

起ち上がった乳首を指の腹で転がされ、レティシアは甘い嬌声を上げた。

「ひぁんっ⁉　……やぁ……っ……サ、サミュエル……そこ……くりくりしちゃ……あ、あぁ……っ」

なんていやらしい声なの……⁉

自分の声とは思えないほどの淫らな声に驚き、思わず両手で唇を押さえる。

「可愛《かわい》らしい声ですね。もっと聞きたいです」

「～～……っ……んんぅ……」

口を押さえたまま首を左右に振ると、片方の乳首を指先で摘《つ》まみ上《あ》げられながら刺激され、もう片方の乳首は舌先でキャンディを楽しむように転がされた。

「ン……うぅっ……！」

そんなところ舐めないで欲しいと言いたいのに、少しでも手をずらせばとんでもなく淫らな声が飛び出してしまいそうだから何も言えない。

必死になって首を左右に振っても、サミュエルは止める気配を少しも見せない。それどころかますます淫らに乳首を責め立てるものだから、頭が真っ白になって唇を押さえる手に力が入らなくなっていってしまう。

「そんなに恥ずかしいですか？　可愛いですね……顔だけではなく、胸元も赤くなっていますよ？」

「……っ……ンぅ……ふ……」

恥ずかしいわ……もう、止めて……。

いや、止めないで……もっと気持ち良くして……。

心と身体が全く別のことを考えるなんて経験は生まれて初めてで、どちらに従って良いのか全くわからない。

「ん……レティシア様の可愛らしい乳首がこんなにもいやらしく尖《とが》って、私の舌や指を押し返していますよ」

「……っ……！」

快感で潤んだ菫色の瞳に、サミュエルの舌先や指でくりくりと弄ばれる自分の乳首が映る。

鏡で見た時には確か薄いピンク色だったはずだ。けれど彼に触れられた乳首はその時より赤く色づいていて、とても淫らに尖っていた。

何も知らなかった私の身体――サミュエルに触れられて、こんなにも淫らになっているわ。

そう改めて意識すると下腹部が辛いくらい熱くなって、蜜が洪水のように溢れてドロワーズをぐしょぐしょに濡らしてしまうのがわかる。

「……ん、ん……！」

これ以上触れられたら、自分が自分ではなくなってしまいそうだ。

未知の刺激に囚《とら》われ、レティシアは身悶えを繰り返す。

「足を擦り合わせてどうなさったのですか？」

サミュエルは意地悪な笑みを浮かべると、尖りきった乳首をちゅっと吸い上げた。

「ひぁああんっ……！」

強すぎる快感に翻弄され、レティシアは唇から両手を離してしまい、高い嬌声をこぼしてしまう。

「やっとまた可愛らしい声を聞かせていただくことができましたね」

「……っ……は……ぁ……サ、サミュエ……ル……もう、駄目……こ、これ以上は……」

「そのお願いは、いくらレティシア様のお願いでも聞いて差し上げられませんね。私は貴女《あなた》の全てを手に入れると決めたのですから……」

サミュエルはそう意地悪に囁くと、びくびく身悶《みもだ》えを繰り返すレティシアからドロワーズを取り払い、薄い恥毛を指に絡めるように撫でた。

「あっ……そ、そんなところ……触っては駄目……っ……」

「レティシア様は髪を撫でられるのはお嫌いですか？」

「……っ……そ、それは……髪じゃないわ……」

「ああ、こちらも綺麗な蜂蜜色だったので、間違えてしまったようです」

「……っ……う、嘘吐《うそつ》き……間違えるわけ……」

ふるふる震えながら抗議すると、足を大きく広げられてしまう。

「きゃぁ……っ⁉　や……っ……だ、駄目……見ないでぇ……！」

蜜に濡れそぼった秘密の場所が、青い双眸《そうぼう》の前に晒《さら》された。

「嘘ではございませんよ。ほら、こんなにそっくりです」

「サ、サミュエル……お、お願い……足、を……閉じさせて……こんな格好嫌よ……恥ずかしいわ……」

「恥ずかしい？　こんなに魅力的な格好は、他にないと思いますが」

「お願い……早く、離して……恥ずかしくて、死んでしまいそう……」

足を大きく広げられて性器を剥き出しにさせられている格好が、魅力的なはずがない。

力が入らない手を必死に伸ばしたけれど、サミュエルはあっさりそれを避けて、指をVの字にして花びらを割った。剥き出しにされた熱い蜜に濡《ぬ》れた花芽は、冷たい空気と青い双眸の視線を感じ、ひくんと疼く。

「やぁ……っ……ひ、広げ……ないで……」

消えてしまいたいぐらい恥ずかしいのに、身体が熱い。特にお腹の奥が煮たったように熱くて、処女口からまたとぷりと蜜が零れた。

「こんなにも綺麗だなんて、驚きました……」

羞恥に震えるレティシアの秘部を眺め、サミュエルは感嘆の声を漏らす。

「そんなところ……き、綺麗なはず……ないわ……」

隠していなければいけない秘めたる場所——自分でもまともに見たことがない恥ずかしい場所を好きな人に見られるなんて……。

「いいえ、こんなにも綺麗な秘所は、初めて見ました……ずっとこうして飾っていたいほどに……」

初めて……ということは、他の女性のも見たことがあるのだろうか。一体誰と見比べているのだろう。

「……サミュエルは……私以外の方とも、こういうことをしているのね……」

何を当たり前のことを聞いているのかしら、私……。

サミュエルはレティシアよりも四つ年上で、今は二十歳だ。そういう経験があってもおかしくない。ただでさえ彼は魅力的な男性なのだから、経験がないという方がおかしいかもしれない。けれど胸が嫉妬で締め付けられて、息が詰まるほど苦しくなる。

苦しさのあまり瞳に溜まっていた涙が零れ、レティシアは慌てて涙を拭う。

「もしかして……嫉妬してくださっているのでしょうか」

「……っ……ち、違うわ……私はサミュエルの恋人ではないし……嫉妬する資格なんて……ないもの……」

「私はレティシア様を恋人だと思っています。レティシア様は違うのですか？」

嫉妬できる資格が欲しい——サミュエルと恋人になりたい。でも、それはやはり許されない。父の悪政を止められてもいないのに、想《おも》い人と結ばれるなんて都合の良い話だ。しかもサミュエルを悪者扱いして正当化しようなんてことは、絶対にしたくない。

「……違うわ。……私、貴方《あなた》の恋人には……なれない」

例え悪政を正すことができても、レティシアは姫だ。王族に生まれたからには、自由な恋愛など許されない。結婚は政治の道具として使われ、レティシアもいずれはどこかの国へ嫁がされるだろう。菫色の瞳を涙で揺らしながら、レティシアは恋人になれない理由を告げる。

嫌……サミュエル以外の人になんて、嫁ぎたくない。

サミュエル以外の男性に触れられるなんて考えられないし、考えたくもなかった。胸が苦しくて、潰れてしまいそうだ。

「……そうですか。ではレティシア様は、恋人でもない男の手で触れられていると言うのに、こんなにも感じてしまう淫らな女性だ。……ということでしょうか」

剥《む》き出《だ》しになった花芽を柔らかな指の腹で転がされ、レティシアは快感に翻弄されて言葉が紡げなくなる。指の腹で淫らに転がされるたびに身体がびくびく跳ね上がり、下腹部から今までに感じたことのないほど強い愉悦が湧き上がった。

「ひ、ぁ……っ⁉　あ……っ……い、意地悪……なことを……言わないで……っ」

花芽は捏《こ》ねくり回《まわ》されるたびに硬さを増し、指に淫らな弾力を伝える。処女口はとろとろに溶けきっていて、まるで満杯のハニーポットをひっくり返されたようだった。

敏感な花芽を弄《いじ》る指はそのままに、もう片方の手が、疼いて蜜を生んでいた処女口を撫《な》でる。

「意地悪なことを言っているのは、レティシア様の方ですよ。私を好きだと仰られながら、他の男に嫁ぐことを考えているのですから……」

サミュエルは長い指に蜜をたっぷりと絡めると、それをぴったりと閉じている蜜道に潜り込ませてきた。

「痛っ……や、ぁ……っ……な、何……？」

初めての侵入者に驚いた処女肉がぴりぴりと痛み出し、レティシアは悲鳴に似た喘《あえ》ぎを漏らす。

なぜ中に痛みが走ったのか、快感に翻弄された頭では良くわからない。恐る恐る下腹部へ視線を落とすと、サミュエルが自分の中に指を入れていたことにようやく気付いた。

「や……っ……そ、そんなところに……指……入れないで……っ……！　や……サミュエル……痛いの……」

　すると指が蜜道を探るようにぬぷ、ぬぷ、とゆっくり動き始め、レティシアは痛みに身体を引きつらせる。

「貴女を他の男になど、渡しません。絶対に……」

　けれど花芽を転がされながら抽挿を繰り返されると、痛みが遠ざかっていって、代わりに散りかけていた快感が戻ってくる。身体の奥から再び蜜が溢《あふ》れ出《だ》し、指が出し入れされるたびにじゅぶじゅぶといやらしい音が部屋中に響いて恥ずかしい。

「はぅ……っ……ン……ぅ……サ、サミュエル……っ……ぬ、抜いて……っ……」

「嫌です」

　中を探られる感覚に戸惑い、サミュエルの肩を押して必死に抵抗した。けれど彼の身体はびくとも動かない。

「……っ……サミュエル……お願い……っ……も、もう、これ以上は……っ……ひぅ……っ」

　サミュエルは行為を全く止めるつもりはないらしく、レティシアの中を探るように指の抽挿を続ける。

　花芽が転がされて気持ち良いのか、中を探られて気持ち良いのか、それともそのすべての動きを感じてしまっているの、もうわからない――……。

　下腹部から湧き上がってくる激しい愉悦に今にも押し流されそうになっていて、頭が真っ白で何も考えられなかった。

「レティシア様……何も心配することはございません。ただ、私のことを考えて、私の与える愛撫《あいぶ》にだけ集中して、気持ち良く乱れてくだされぱそれで良いです」

レティシアの敏感な耳元で、サミュエルは意味深に囁く。

「……っ……そ、んな……こと……っ……でき……な……っ……んぅ……」

びくびく体を揺らしながら、レティシアは擦り切れそうになっていたわずかな理性で首を左右に振る。

けれど花芽を内側と外側、両方から責め立てられた瞬間——甘い嬌声と共に、レティシアは初めての絶頂に痺れた。

「サミュエル……サミュ……ッ……ふ、ぁ————……っ……」

甘い稲妻が身体に落ちたように全身の神経が快感に痺れ、呼吸の仕方すら忘れてしまうような刺激が訪れる。

「そうです。良い子ですね……」

レティシアは身悶えしながら快感に酔い、絶頂の心地良い疲労感に包まれ、菫色の瞳をとろけさせた。

瞼《まぶた》が重くて開けていられない。それでもなんとかこじ開けようと瞬《まば》きを繰り返していたら、唇に優しい口付けを落とされる。

「優しくて、真っ直ぐで、頑張り屋のレティシア様……貴女が涙を流した数だけ……いや、それ以上に私が幸せにしてみせます。ですから何も心配せずに、今は快楽に身を任せてゆっくりと休んでください」

遠くでサミュエルが甘く囁いている。けれど快感に痺《しび》れてぼんやりした頭では、意味を酌《く》み取《と》ることができない。

これは夢……？　それとも現実？

その区別すら付けられないほど、レティシアの脳髄は快感に痺れていた。

気持ち良くて、瞼を開けていられない。さっきの口付けで呑んだ唾液に睡眠薬を混ぜられていたのではないかと思うぐらいに眠い。

「サミュ……エル……サミュエル……」

すがるように伸ばした手を、大きな手が力強く握ってくれる。

「はい、ここに居ますよ。私はずっとお傍を離れません」

温かい……。

快感以上に覚えたのは、安心感――レティシアは温かな気持ちで胸がいっぱいになり、そのまま心地の良い眠りについたのだった。

第二章　小鳥姫は恋人の腕の中で甘く歌う

レティシアとサミュエルが両想いになってから、一週間が経とうとしていた。

「ソフィちゃん、もしかして……とうとう良い人でもできたのかい？」

「えっ⁉」

いつものように教会での手伝いをしていたレティシアは、狼狽《ろうばい》のあまり皮を剥《む》いていたじゃがいもを落としてしまう。

レティシアが教会で使っている偽名は『ソフィア』だ。皆は親しみを込めて『ソフィ』と呼んでくれている。

「あっははは！　やだよぉ。ソフィちゃんはわっかりやすいねぇ。最近ますます綺麗になったから、絶対にそうだと思ったんだよねぇ」

「ち、違います。私そんな方なんて……」

「どんな男だい？　悪い男じゃないかおばちゃん達が見極めてやるから、ここに連れておいで！」

「ソフィちゃんが選ぶ男だよ？　あたしは信じているさ！　だけど見てみたい気持ちは確かにあるねぇ！」

　この教会で手伝いをするようになってから約二年――レティシアは同じく手伝いに来る婦人達と絆《きずな》を深め、今では実の娘のように可愛がられている。

　夜型の父は昼に起きるのは億劫《おっくう》だと言ってここ数年国の行事を催していないので、レティシアは国民の前に顔を出したことがない。そのこともあってレティシアの正体に気付く者は、誰もいなかった。

「ほ、本当に違うの……」

　レティシアは真っ赤な顔をして、首を左右に振って否定する。

　想いが通じ合ったあの日以来、サミュエルは二人きりになると情熱的な口付けをし、愛を囁いてくれるようになった。

　それが嬉しくもあり、心苦しくもある。

　私も好きだって、ちゃんと言いたい――でも、私は言える立場にないわ。

「隠さなくてもいいじゃないか。ソフィちゃんは結婚していてもおかしくない年頃だし、そういう話の一つや二つ、あってもおかしくないだろう？」

　結婚――。

　王族に生まれたからには、政略結婚からは逃れられない。

サミュエル以外の人から触れられるなんて、絶対に嫌……！

アルマンの悪政を正した後、王位を捨ててサミュエルと共に逃げたとしたら……彼とならきっと幸せに生きていけるだろう。

けれど、もし見つかったら……？

サミュエルは王族を誘拐した罪に問われ、処刑は免れないはずだ。先日過去の文献を調べたところ、王族と使用人が駆け落ちをして見つかり、処刑されたことがあることを知った。どう考えても、レティシアはサミュエルを不幸にしかできない……。

胸が苦しくて、レティシアの瞳からはいつの間にか涙が零れていた。

「ソ、ソフィちゃん、どうしたんだい？　泣かないでおくれ」

「な、なんでもないんです……ごめんなさい……」

婦人達は狼狽しながらも子供をあやすようにレティシアの頭を撫で、涙をハンカチで拭いてくれた。

「もしかして……泣くほど駄目な男に引っかかったのかい⁉」

「ああっ！　そういえばこの前、ほっぺた赤くしてたもの！　ソフィちゃん、もしかして恋人に殴られたのかい⁉」

「ち、違うの……！　あれはお父様に殴られただけで、彼はとても優しくて、私になんて勿体《もったい》ないくらい素敵な人なの！」

レティシアはつい声を荒げてしまい、はっと口を押さえる。

「ごめんなさい……私、つい大声を……」

「いいよ、いいよ。おばちゃんが悪かった」

「それにしてもどうして殴られたんだい？　その良い人との仲を知られて、怒らせちまったのかい？」

サミュエルとの仲を父に知られてしまったら……。

背筋がぞっとする。自分はどうされても良いけれど、サミュエルが酷《ひど》い目にあわされるのは絶対に嫌だ。

「反対されても、諦めちゃ駄目だよ。おばちゃん達は全員ソフィちゃんの味方だからね！」

「おばさま……」

「そうだよ。諦めなければ、いずれはなんとかなるもんだよ！　頑張んなさい！」

ぎゅっと抱きしめられると、止めたはずの涙がまた出てきた。

諦めたくない……だって、こんなに好きなんだもの。

簡単に諦めようとしていたなんてどうかしていた。もっと考えたら、サミュエルと結ばれる手段を思いつくことができるかもしれない。幸いまだレティシアは誰とも婚約を結んでいないのだから、まだ考える時間はあるはずだ。

婦人達の前向きな意見に背中を押され、レティシアは自らの後ろ向きの考えを反省した。

ってしまった。

◆◇◆

昼食を作って配り終えた後、今日は教会の掃除をすることになり、いつもより帰りが遅くなってしまった。

転がるように城へ戻り、ドレスに着替えたところで、部屋にメイドが紅茶を持ってやってきた。

「レティシア様、紅茶とお菓子をお持ちいたしました」

よ、良かった……もう少し遅くなったら危なかったわ。

「ありがとう」

ほっと胸を撫《な》で下《お》ろしながら、何事もなかったようにメイドを迎えると、驚愕の眼差しを向けられた。

「レ、レティシア様、どうなされたのですか？　綺麗な御髪《おぐし》をこんなに汚されて……それにお肌も……」

「え？」

急いでいたせいで、鏡を見て身だしなみを整える時間がなかったものだから、どんな状態になっているか全くわからない。恐る恐る鏡を覗《のぞ》きこむと、埃《ほこり》で髪や顔が薄汚れている自分が映っていた。

「えぇっと……ちょ、ちょっと暖炉の中に……指輪？　を落としてしまって、捜していたせいかしら」

「まぁ！　そんなことでしたら、お命じくだされればよろしかったのに！」

「ごめんなさい。すぐに取れると思ったら、意外と手こずってしまって」

メイドはお茶よりも先に洗った方が良いと、部屋に隣接されているバスルームの用意を調えてくれた。

いつもは入浴を手伝って貰っているけれど、洗っているうちに暖炉の煤《すす》ではないことに気付かれてしまうかもしれない。

今日はゆっくり考え事をしたいから一人で入りたいとお願いすると、いつも欠かさない入浴後の全身オイルマッサージだけはさせることを約束させられたが、許して貰えた。

「はぁ……気持ち良い……」

こうして一人で入浴するのは、祖母の屋敷に住んでいた時以来だ。

祖母の屋敷では自分でできることは自分でやる。というのが祖母の方針だったので、入浴も滅多《めった》にメイドに手伝ってもらうことはなかった。髪や身体を清め、バスタブに身を沈めるとため息が零れた。人に身体を洗って貰うのは気恥ずかしくて緊張してしまっていたので、こうして寛《くつろ》げるのは久しぶりだ。

乳白色のお湯に疲れが溶け出したように、身体が楽になっていく。溺れる可能性があるので危ないとわかっていても気が緩んで、ついうとうとまどろむ。すると頭ががくんと落ち、水面に顔が沈んでしまう。

「ぶふっ……ぷはっ……！」

あ、危ない。このままじゃ本当に溺れちゃうわ。

手の平で顔の水滴を拭い、今度は眠るまいとぶるぶる首を振って目を見開く。けれどしばらくするとまたまどろんでしまう。

「……レティシア様、こんなところで眠ってはいけませんよ」

あら？　サミュエルの声？　私、ソファかどこかでうたた寝してしまっているのかしら。

「う……ん……そうね。わかってはいる……のよ……わかっては……」

「こんなことでは、お一人での入浴は禁止させていただくしかございませんね」

入浴……？

前髪から流れた水滴が水面にぽちゃりと落ちる音で、レティシアはまどろみから完全に覚醒した。ここはベッドの上でもなければ、ソファでもない。バスルームだ。

「えっ！　サ、サミュエル⁉」

驚愕して目を開くと、そこにはレティシアと同じ目線になるようしゃがみこみ、眉を顰《しか》めたサミュエルの姿があった。

「溺れ死んだらどうするのですか？　全く貴女《あなた》という方は……しっかりしているように見えて、どこか抜けているところがありますね」

「ど、どうしてここに……っ……あっ……や、やだ……私……裸……なのにっ」

レティシアは身体を隠しながら背中を丸くさせ、伸ばしていた足を折り曲げて小さくなる。

「バスルームの外から声をかけたのですが、物音が全くない上にお返事がなかったようなので、何かあったのではないかと思いまして……どんな理由があったにしても、勝手に入室してしまい申し訳ございませんでした」

サミュエルは心配して入ってきてくれたというのに、失礼な反応を取ってしまった。

「えっ？　あ……そ、そうだったの。心配かけてごめんなさい。完全に目が覚めたから大丈夫よ。たっぷり温まったし、もう出ることにするわ」

「かしこまりました」

サミュエルが出ていくのを見計らい、バスタブから上がろうと腰を上げたが、彼はふかふかのタオルを持って再び戻ってきた。

「きゃっ!?　ど、どうして戻ってくるの？」

慌ててまたお湯に浸《つ》かったけれど、油断していたから一瞬身体を見られてしまった。真っ赤になってまた身体を縮こまらせると、サミュエルは形の良い唇を吊《つ》り上《あ》げる。

「お手伝いをさせていただこうかと思いまして」

「へ……？　お、お手伝いって？」

縮こまったまま身動きができないでいるのに、サミュエルはためらいもなく近づいてきた。

「この後のオイルマッサージです。メイドのカロルには別件の仕事を命じましたので、代わりに私が行わせていただこうかと思いまして」

「えっ⁉　サミュエルに⁉　そ、そんなの無理だわ……！」

「どうしてですか？」

「は、恥ずかしいからに決まっているじゃない……」

真っ赤になったレティシアは、恥ずかしさを誤魔化《ごまか》すように口元まで浸かり、息を吐いてぶくぶく泡を作る。

「ですがレティシア様の綺麗なお肌が乾燥しては大変ですから、私も引くつもりはございませんよ」

せめて他の人を呼んで欲しいと頼んだが、サミュエルは頑《かたく》なに頷こうとしない。

「じゃ、じゃあ、自分でやるわ。オイルを塗ればいいのよね？」

「背中を塗る時に手がつっては大変ですし、ただ塗るだけではなくマッサージもしなければいけませんから。お一人で済ませることは不可能ですね。……というよりもレティシア様？　私は独占欲が非常に強い男なのですよ」

「え⁉　え、ええ、そう……なの？」

独占欲とオイルマッサージが、どう関係あるのだろう。レティシアが首を傾《かし》げると、サミュエルは艶《あで》やかに微笑んで唇を奪った。

角度を変えながら何度も唇を奪われ、長い舌で腔内《こうない》をぬるぬる舐《な》められると唾液が溢れ、渇いていた喉が潤っていく。

「んぅ……っ……んん……」

初めて触れられた時以来、レティシアは想《おも》いを繋《つな》げることはできないと拒みながらも、こうして強引に唇を奪われていた。けれどサミュエルとの未来を前向きに考えるようになった今は、恥ずかしいと思いながらも拒む気にならない。

「独占欲が強い私は、貴女の身体に触れるのが、例え女性でも面白くないのです」

唇をくっつけられたまま話されると、熱く敏感になった唇がサミュエルの吐息でくすぐられて、ぞくぞくする。

「だ、め……サミュエル……くすぐった……いわ……」

「唇が熱いですね。それに顔が赤い……のぼせてしまう前に、早く出た方がよろしいかと」

熱いし早く出たい気持ちは山々だったけれど、言う通りに出たらサミュエルにマッサージをされてしまう。動かず浸かったままでいるレティシアの濡《ぬ》れた髪を、サミュエルは白い手袋を外してそっと撫でた。

「私が出て行くまで、ずっとそうしているおつもりですか？」

「そのつもり……よ」

うう、熱いわ……。

そう宣言したけれど、もはや出たくて堪《たま》らない。

「我慢比べですか？　レティシア様がのぼせて私に救出されるか、レティシア様が私に無理矢《むりや》理《り》引っ張り出されるか、どちらになるでしょうね」

「そ、それって、どちらも貴方《あなた》に裸を見られるってことじゃない……！」

「ええ、もちろんです」

大きな声を出したら、くらくらしてきた。

も、もう、限界……。

「マ、マッサージはともかく、一度出たいの……タオルをくれる？」

「かしこまりました」

サミュエルに後ろを向いてもらい、レティシアはやっとお湯から上がることができた。

取りあえず身体を隠せたことにほっとしたのは束《つか》の間《ま》――濡れたタオルがぴったりと張り付き、身体のラインがくっきり出ていただけではなく、先ほどの口付けで乳首がつんと起っているのに気付く。

や、やだ……どうしよう。

「レティシア様、どうなさいました？」

狼狽《ろうばい》していて気付かなかったが、サミュエルはとっくにこちらを向いていた。

「きゃっ⁉　ど、どうしてこっちを見ているの？」

「ずっと後ろを向いていろとは、お命じにならなかったので」

レティシアが身体を隠すようにしゃがみこんで丸くなっても、サミュエルは気にしない様子でバスルーム内に置いてあるマッサージベッドの方へ向かう。

「さぁレティシア様、こちらへどうぞ」

「わ、私っ……マッサージを受けるなんて、言っていないわ……」

「レ・ティ・シ・ア様？」

名前を強調するように呼ばれ、恐る恐るサミュエルの方を向く。彼は爽やかに微笑んでいたが、含みがあるように見えるのは気のせいだろうか。

レティシアはなぜかその笑顔に逆らえず、胸を交差させて隠しながら、おずおずとマッサージベッドの方へ向かう。

「では、背中からにしましょう。タオルを取ってうつ伏せになっていただけますか？」

タオルを取ったら、生まれたままの姿になってしまう。

「あ、あの……本当にするの？」

「ええ、何か問題でも？　……ああ、もしかして……私がマッサージと称して、先日のような悪さをするとご心配されているのですか？」

腰をかがめてレティシアの背丈に合わせたサミュエルは、赤くなった耳元でそっと囁く。

これじゃ、私が意識しすぎているみたいで恥ずかしいわ。

「……っ……そ、そう……じゃないわ……ただ、恥ずかしいだけで……」

「そうですか。では、何も問題はありませんね。失礼致します」

タオルを取られたレティシアは、小さく悲鳴を上げながらもマッサージベッドにうつ伏せになる。

前を見られるよりは、後ろを見られた方が恥ずかしくないのでは？　と考えたけれど、大間違いだった。後ろを見られるのも十分恥ずかしくて、レティシアは羞恥で涙目になり、震えてしまう。

「おや、震えていますが、寒いですか？」

「だ、大丈夫よ……」

背中や白い双丘に、サミュエルの視線を感じる。

寒いわけがない。むしろ恥ずかしさのあまり熱いぐらいだ。

「そうですか。では失礼します」

サミュエルは精緻な飾りが施されたガラス瓶に入ったローズオイルを手にとろりと出し、両手に揉《も》み込んで温めると、レティシアの背中にそっと触れた。

「……っ……ぁ！」

触れられた瞬間、冷たくもないのに身体が大きく跳ね上がり、変な声が出てしまう。

「まだ冷たかったでしょうか？」

「い、いえ……大丈夫よ……」

「そうですか。……白くて滲《し》み一つない滑らかな肌ですね。触れるのが楽しいです」

は、恥ずかしい……。

サミュエルの手が動くたびに身体が跳ね上がってしまいそうなのを、レティシアは必死で我慢する。

背中や二の腕、手首まで——メイドにしてもらう時は大丈夫なのに、サミュエルの大きな手で受けるマッサージは、くすぐったいような……むず痒《がゆ》いような不思議な感覚を受けた。

何か別のことで気を紛らわさないと、恥ずかしさも手伝ってどうにかなりそうだ。

「そういえば今日は考え事がしたいからと、お一人で入浴されたのでしたね。何を考えられていたのですか？」

「あ……それは違うの。実はね、今日は教会の掃除をしていて、髪や身体を埃だらけにしてしまったのだけど、それに気付かないで帰ってきちゃって……」

レティシアは先ほどメイドとしたやり取りを、ぽつりぽつりと説明していく。

「ああ、なるほど……そういうことですか」

「そうなの。埃と暖炉の汚れじゃ全然違うでしょう？　気付かれてしまうんじゃないかってどきどきしたわ」

こうして話していると、少し気が紛れてきた感じがする。

この調子だと思い、レティシアは会話に集中することに徹した。けれどサミュエルの長い指が、脇腹やベッドに押しつぶされてはみ出た胸をなぞるたび、集中力が途絶えてしまう。

「……っ……ン……ぅ……」

メイドにもよくこの辺りはマッサージをされている。この辺りをなぞるのは、むくみを取り、老廃物を排出する働きの手助けをするらしい。いつもは少しくすぐったいだけなのに、サミュエルに触れられると、初めて触れられた時の刺激を思い出して身体が熱くなってしまう。

思い出しちゃ……駄目……！

唇を噛んで刺激に耐えていると、オイルを纏《まと》った指が押しつぶされた胸の中に潜り込み、薄く色づいた乳輪をかすめた。

「ひぁんっ……!?」

身体がびくりと大きく跳ね上がり、恥ずかしい声を出してしまう。

「ああ、申し訳ございません。指がオイルで滑ってしまいました」

「……っ……だ、大丈……夫」

は、恥ずかしい……。

消え去りたいほどの羞恥に苛《さいな》まれていると、サミュエルの手がだんだんと下りて行き、白い双丘をつるりと撫でた。

「ぁっ……！」

大きな手は双丘をすっぽりと覆い、円を描くようにぬるりぬるりと揉み始める。

「いかがなさいましたか？」

「……っ……な、なんでも……な……ぃ……わ……」

指が食い込むたびに、身体が小刻みに揺れる。肉が引っ張られるたびに窄《すぼ》まりや、膣口がわずかに引っ張られ、小さな快感を生む。無意識のうちに強い刺激を期待してしまうけれど、オイルで指が滑ってそれ以上の刺激は貰《もら》えない。指は跳ね返されたようにまた最初の位置に戻り、じわじわと刺激を与えられ続けた。

まるで焦らされているみたいだ。何度も何度も繰り返されると、膣口が潤み始めるのを感じる。

やだ……マッサージを受けているだけなのに、どうして変な気分になっちゃうの？

「あ、あの……私、もうマッサージはいいわ」

このままだとサミュエルに気付かれるのは、時間の問題だ。狼狽したレティシアは、乱れそうになる息をなんとか整え、彼に訴える。

「どうなさいました？」

「その……もう、十分……かなって……思って……」

「いいえ、そうはいきませんよ。教会の掃除をしたせいか、普段のお疲れが溜《た》まっているのか、まだ身体が解《ほぐ》れていないようですから」

「で、でも……っ……」

潤んだ蜜が前の方に垂れていき、薄い恥毛を濡らしていくのがわかった。

このままじゃ、私……！

「……そういえば、今日は口付けをあまり拒まれませんでしたね」

「……っ……そ、それは……その……」

気持ちが前向きになったことを伝えたかったけれど、こんな格好で話すのはどうだろう。レティシアがもじもじ言《い》い淀《よど》んでいると、サミュエルが耳元に唇を近づけてくる。

「裸で会話を交わしていたせいで気分が高揚して、今日は受け入れても良いという開放的なお気持ちになったのでしょうか？」

それではまるで、淫らな子だと言われているようだ。

レティシアは感情を昂《たかぶ》らせ、思わず身体を起こす。

「ち、違うわ……！」

「本当ですか？」

「本当よ！　拒んでいたのは、今までは私、サミュエルを不幸にしてしまうだけだからって思って……諦めなきゃって……今まで色々考えていたけれど……今日、考えを改めたの。まだ諦めるには早すぎるって。貴方と幸せな未来を送りたい……方法はまだわからないけれど、一緒に探して行けたらって……それで……」

　額と額をこつりと合わせられ、サミュエルの綺麗な顔がうんと近くなる。

「……では、私の恋人になっていただけると……そう思ってよろしいのですか？」

　少しでも動けば唇が重なってしまいそうな距離に、心臓が苦しいほど早鐘を打つ。

「は、はい……」

　恥ずかしくて、声が小さく震えてしまう。ちゃんと聞こえたか不安になったけれど、くすくす笑われたので聞こえていたらしい。

　サミュエルは額を離すと、含みのある笑みを浮かべた。

「まぁ、私は貴女《あなた》に拒まれようとも、諦めるつもりはありませんでした。絶対手に入れるつもりでいましたよ」

「サミュエルって、意外と強引なのね……」

　でも、そこまで自分を想ってくれることが嬉しくて堪らない。

「ええ、そうですよ。……ああ、ところでレティシア様、先ほどから思っていましたが、隠しきれていないですよ？」

「え？」

　そんなことはないはずだ。だって身体を起こす時、咄嗟《とっさ》ではあったけれどちゃんと手で胸と秘部を隠したはずだ。

恐る恐る視線を落とすと、手からほとんど胸がこぼれて、尖り始めていた先端が見えてしまっていた。

「きゃあっ⁉」

「レティシア様の胸は大きいですから、片手で隠すには無理がありますよ。腕や手にオイルを塗ったので、尚更《なおさら》滑るのかもしれませんね」

「や……っ……み、見ないで……」

咄嗟にもう片方の手で隠そうとしたけれど、それでは秘部が隠せなくなる。何か身体を隠せるものを探したけれど、先ほどまでレティシアが巻いていたタオルはかなり遠くに避けられていたし、近くに隠せそうな物は何もない。

真っ赤になったレティシアは狼狽しながらも、うつ伏せになって元の体勢に戻る。

ああ、なんだか間抜けすぎて、恥ずかしいわ……。

「あ、あの、タオルを取ってもらえる……？」

「駄目ですよ。まだマッサージが終わっていませんから」

「えっ⁉　……つ、続けるの？」

恐る恐る尋ねたレティシアは、当然だと答えられ、がっくり肩を落とす。

先ほどの続きから行うと告げられてまたお尻に触れられ、恥ずかしい声を必死に我慢する。

身悶《みもだ》えするたびに尖り始めた乳首がベッドに擦れ、花びらがさらに潤んでしまう。

「……っ……ン……も、もう……十分……よ……だから、終わりに……っ……」

「いいえ、不十分ですよ。しっかり解さなくては」

「ぁ……っ……んんぅ……」

声を我慢しようとすれば、身体に力が入る。身体をこわばらせればこわばらせるほど、凝っているから念入りにマッサージしなければと、終わりが見えない。

唇を噛んで耐えていたその時、太腿《ふともも》の間にサミュエルの手がぬるりと入り込み、すっかり潤んでしまっていた蜜口を撫でた。

「ひぁ……っ⁉　や……サ、サミュエル……な、なんで……そこ……」

「ああ、申し訳ございません。オイルで指が滑ってしまいました」

サミュエルは謝っているのに少しも悪びれることなく意地悪な笑みを浮かべ、指をくにくに動かした。

「や……っ……う、動かさないで……っ」

くちゅっ、くぷっ、ぐちゅぐちゅ……

指が動くたびに蜜の掻《か》き混《ま》ぜられる粘着質な音がバスルームに響き、レティシアは耳まで真っ赤になってしまう。

「……濡れていますよ？」

ついに気付かれてしまった。

恥ずかしさのあまり菫色《すみれいろ》の瞳に涙をにじませ、レティシアは首を左右に振る。

「ち、違……っ……こ、れは……オイル……で……」

「さっきから可愛らしいお尻がむずむず動いていたので不思議に思っていましたが、このようないやらしいことになっていたとは驚きました」

「……っ……ち、違う……って……言ってるのに……んんぅっ……」

もう気付かれているとわかっていても、恥ずかしくて認められない。

「こんなにたっぷりオイルを垂らした覚えはないのですが？」

「ンぅ……い、意地悪……しないで……ぁ……っ……ひぅっ……だ、駄目……っ……も……」

さらに前へ潜り込まされた指に快感を集めた粒を撫で転がされ、膣口からはますます蜜が溢れ出す。

「マッサージをしていただけでこんなにも濡らしてしまうとは……レティシア様は相変わらず感じやすい淫らな身体をしていらっしゃいますね」

「や……っ……ち、違……私、感じてなんて……」

「こんなにも濡れていらっしゃるのに、感じていらっしゃらないと？　本当でしょうか」

レティシアは羞恥に震えながらも、感じていないと言い張る。

「さぁ、こちら側は済んだので、今度は反対側を失礼致します。仰向《あおむ》けになっていただけます

か？」

「そ、それは……」

胸の先端はすっかり尖りきっていて、見られたら感じていることに気付かれてしまう。それに背中を見られるのだけでも恥ずかしかったのに、前をまじまじと見られるなんて……。

固まったまま動けずにいると、サミュエルがくすっと笑う。

「疲れてご自分では動けませんか？　お手伝い致しますよ」

「あっ……や……ま、待って……きゃっ……」

ベッドに垂れたオイルの滑りも借りて、レティシアはあっという間に表向きにさせられた。

咄嗟に胸を隠したけれど、やはりオイルで滑ってぷるりとこぼれてしまう。

「きゃっ！　やぁ……み、見ないで……」

青い双眸《そうぼう》がいやらしく尖《とが》った先端に集中するのがわかり、レティシアは赤面しながらまた胸を隠そうとしたけれど、滑ってちっとも隠せない。

「可愛い乳首がいやらしく尖っていますよ。感じていらっしゃらないと仰っていたのに、どうしたのでしょうか」

尖った乳首を指先で何度も軽く弾《はじ》かれ、レティシアは身悶えを繰り返す。

「あっ……あぁ……っ……し、知らな……ぃ……」

「知らない？　おかしいですね。ご自分の身体のことなのに……ああ、もしかして身体が冷えてきたせいでしょうか？」

ジレジレとした快感を与えられ続けた身体は、燃えあがりそうなほどに熱い。けれど感じているなんて言えるわけがなくて頷いた。

「そうですか……こんなにも身体が温かいのに、おかしいですね？」

サミュエルは何もかもお見通しだという表情で、レティシアの耳元で囁く。

「……っ……で、でも、寒い……の」

彼はきっと感じていることなど、もうとっくにわかって意地悪を言うのだろう。けれどここまできたら、撤回することなどできない。声を震わせながら嘘《うそ》を貫き通そうとすると、サミュエルは手の平にオイルを足して、レティシアの豊かな胸を揉みしだいた。

「ひぁんっ……!? や……ぁっ……な、何……して……」

たわわな胸はオイルで滑って、サミュエルの手に収まらない。ぷるんと零れては、大きな手が追いかけてくる。何度も繰り返されるたびに、胸の尖りがよりいっそう硬くなる。

「血行が良くなれば、温かくなるはずですよ。念入りにマッサージして差し上げますので、ご安心ください」

「ね、念入り……になんて……駄目……っ……も……う……やめ……て……っ」

こんなことを繰り返されていては、また変になってしまう。

レティシアは首を振りながら必死に止めて欲しいと頼むが、サミュエルは全く止めようとしない。

「寒いのでしょう？　温めて差し上げなければ、風邪を引いてしまいますから」

「……っ……も……う、大丈夫……さ、寒く……なくなった……から……っ……ンぅ……っ」

喘《あえ》ぎをかみ殺しながら、レティシアは必死に言葉を紡ぐ。

「おかしいですね。大分マッサージをしているはずなのですが、乳首は硬くなる一方です。寒くなくなったと仰られていたのに、どうしたのでしょうか」

起《た》ち上《あ》がった乳首をぬるぬるの指でこねくり回されると、甘い快感が乳首から全身に伝わり、下腹部から疼《うず》きが湧き上がってくる。

「も……意地悪……しないで……サミュエル……ッ……はぁ……っ……わ、私……おかしくなってしまうわ……」

意地を張るのを止めて、レティシアは素直に懇願した。

「やっと素直になってくださいましたね。おかしくなる？　よろしいではないですか」

「よ、よくなんてないわ……っ……は、恥ずかしくて……わ、私……」

胸をぷるぷる揺さぶられ、いやらしく乳首を捏《こ》ねくり回《まわ》されている光景が視界に入るだけで、下腹部が疼いてより熱くなってしまう。

感じちゃ駄目……。

心の中でそう言い聞かせても、感じることを止められない。

「恋人の手で気持ち良くなることのどこが恥ずかしいのですか？」

耳元で甘く囁《ささや》かれると、心がじんと痺れる。

「恋人……」

恋人……そうだわ。私たち、恋人になったんだわ。

恥ずかしいのに嬉しくて、頬《ほお》が染まり、思わず口元が綻んでしまう。

「そんなに可愛い顔をされては、もっと触れたくなりますね」

「え？　ぁっ……」

胸を片手で可愛がりながら、サミュエルは空いている方の手でお腹《なか》や臍《へそ》をなぞった。くすぐったくて身悶えしていると、その手が徐々に下へ下りていくのがわかる。

彼が何をしようとしているかわかった瞬間――もうその指は花びらの中に潜り込み、疼いた敏感な粒を転がしていた。

「ひぁんっ……!?　ぁ……あぁっ……サミュエル……そこ、駄目っ……」

これ以上快感を与えられまいと内腿《うちもも》に力を入れたけれど、手を挟み込んだだけでサミュエルの動きを少しも止めることはできない。

「可愛いこちらも、乳首同様に膨らんで硬くなっていますよ」

「……っ……や……ぁ……っ……そ、そこ擦られると……なんか……へ、変に……」

粒を転がされるたびに背中に羽が生えたみたいに、身体がなぜか浮き上がりそうな感覚を覚える。

どうして……なの？

「こちらはどうでしょう……」

ローズオイルと蜜を纏《まと》った指が、濡れそぼった蜜口にあっさりと呑み込まれていく。

「ひっ……!?　やぁ……指……っ……」

身体を探られる感覚には未《いま》だに慣れないけれど、初めに感じた痛みは全くなかった。その代わり指が抽挿を繰り返すたびに甘い刺激が湧き上がって来て、身体の奥が火にかけられているみたいに熱い。

「こんなにもぎゅうぎゅうに締め付けて……ああ、また蜜が溢れてきましたよ」

頭の中が、真っ白になりそうだ。

「白百合《しらゆり》のように清らかな貴女がいやらしく喘ぎ、淫らに乱れているところが見たいのです。さぁ、恋人の私にだけ見せてください……」

「ぁっ……あぁっ……きちゃう……きちゃう……の……っ……ぁっ……あぁあっ……！」

サミュエルの巧みな指遣いに、レティシアは高みへ押し上げられた。

「愛しいレティシア様……もっと気持ち良くして差し上げます……」

「ひぅっ……!?　や……だ、駄目……今、触っちゃ……っ……きゃ、ぅっ……ンぅ……！」

まだ絶頂に痺れる身体を、サミュエルはまたたっぷりと責め立てる。

「はぅ……ン……っ……んん……はぁ……サ、ミュエル……サミュエル……サミュエル……ッ……」

「涙が出ていますよ。そんなに気持ち良いですか？　可愛いですね……レティシア様のお好きな場所がだんだんとわかってきましたよ。この可愛い粒を押しつぶすように転がしながら、中にある少しざらざらしたこちらを同時に撫《な》でると……」

「ひゃ、ぅっ……!?　ぁ……や……そ、そこ……あっ！　あぁあぁっ――……！」

　頭の中が真っ白になって、レティシアは嬌声を上げた。

「……また、達したようですね。レティシア様のお好きな場所を、もっと知りたいです……こうなったら徹底的に調べさせていただきましょうか」

　今ですらどうにかなりそうなほど気持ちが良いのに、これ以上触れられては自分が自分でなくなりそうだ。

　いやいやをするように首を左右に振って、痺《しび》れて自由の利かない腰を動かしながら指から逃れようとしても、サミュエルは逃してくれない。

「逃げようとしても駄目ですよ。私は凝り性なので、徹底的に調べつくさないと気が済まないですから」

「し、調べつくすって……ぁっ……や……ぅ……っこ、これ以上だなんて……本当に無理……で……ひぁんん――……っ！」

何度も何度も高みに上げられたレティシアは、これが現実なのか夢なのかわからないほど快感に痺れていた。

「レティシア様のことにまた少し詳しくなれました……二年という歳月で色々と知ったつもりでいましたが、私の知らないことがまだまだあるのですね」

「知らない……こと……？　きゃっ……ぁっ……ぁぁ……っ……ゆ、指……が……」

閉じていた足を持ち上げられ、蜜口にもう一本の指を追加された。

二本の指がレティシアの膣道を調べるように動き回る。くぱりとゆっくり広げられると蜜が零れ、窄まりまで垂れていく。

「たとえば花びらの中の秘めたる場所がこんなにも綺麗《きれい》な色をして、餌を強請《ねだ》る雛のように可愛らしく私の指を咥《くわ》えるところや、小さくて愛らしい乳首がこんなにもいやらしく感じやすいこと。他にも……」

「や、ぅ……っ……は、恥ずかしいこと……言わないで……」

探りながら痺れるような快感を与えられ、少しも喘ぎを我慢することができなくなる。

「他にもまだ私の知らないことがあるのかと思うと、探究心が擽《くすぐ》られますね。レティシア様……貴女《あなた》をもっと知りたい……」

また高みに押し上げられそうになっているレティシアは、頭がぼんやりしていてもう何を言われているかわからなくなってしまう。でも、自分の名前を呼ばれていることだけはわかって、温かい気持ちで胸が満たされていくのを感じていた。

「……っ……ンぅ……サミュエル……好き……す、き……っ……んんぅっ……」

身体が解されたと同時に心も綻ばされたみたいで、レティシアは上手く呂律《ろれつ》の回らない舌で、無意識のうちにサミュエルへの溢《あふ》れた気持ちを口にする。

ずっと言いたくて、でも言ってはいけないと思って諦めていた気持ち――言葉にするだけで胸が痺れて、達したばかりの身体がまた新たな刺激が欲しいというようにずくずく疼き始める。

「……っ……貴女という人は、全く……」

ぼんやりする視界の中、サミュエルの頬がわずかに赤くなったのがわかった。

「貴女は私を煽《あお》るようなことばかり仰りますね……。今日は身体に触れるだけで我慢しようと思っていましたが……」

指を引き抜かれた刺激で、レティシアはびくびくと身悶えを繰り返す。

「ふ、あ……っ……」

引き抜かれただけの衝撃でまた軽く達してしまい、気持ち良さのあまり菫色の瞳から涙が溢れた。

するとかすかな金属音が聞こえ、ねっとりと濡れそぼった蜜口に、ぬぷ、と大きな何かを宛《あて》がわれたのに気付く。

何……？

濡れた蜂蜜色のまつ毛を瞬かせ、瞳から涙を追い出すと、少しだけはっきりした視界に驚愕する光景が飛び込んできた。

隆起した赤黒いサミュエルの欲望が、自身の蜜口に狙いを定めるように宛てがわれていたのだ。

「や……ぁ……っ……サミュエル……そ、それは……駄目……ぇ……っ……！」

砕けて力の入らない腰やお尻を動かして後ずさりしようとしたが、サミュエルに腰を掴まれてしまい身動きが取れない。

オイルは時間をかけてたっぷり触れられているうちに、レティシアの肌にしっとりと浸透してしまい、滑りに手助けしてもらって抜け出すことも不可能だ。

「私が怖いですか？」

その質問に、レティシアは慌てて首を左右に振る。

「……違う……の……」

恥ずかしいし、未知の体験に多少の不安はあっても、恐怖なんて全くない。

切っ先で処女口をぬちゅぬちゅなぞられると、蜜を生んでいる最奥が疼く。サミュエルの長い指でも決して届かない場所——サミュエルの硬く大きなこの欲望でなら届くのだろうか。

そう思うと暒内《こうない》は唾液が溢れ、切っ先でなぞられた処女口からは新しく生まれた蜜が溢《あふ》れ出《だ》してしまう。

「では、どうして拒むのですか？」

でも、今は駄目……。

「……最後まで、したら……あ、赤ちゃんが……できちゃう……でしょ……？」

男性を最後まで受け入れ、中に注がれると子供ができる。性のことには疎いレティシアでも、それくらいは知っていた。

「ええ、その可能性が生まれてきますね」

サミュエルはたじろぐ様子もなく、そっと微笑《ほほえ》んで答える。

愛する彼と結ばれ、愛の結晶ができるのはどんなに素晴らしいことだろう。

「……嬉しいけれど……駄目……今は無理……だわ……」

けれど今はまずい。姫であるレティシアが身ごもっていると知られては、アルマンが何を仕出かすかわからない。父親であるサミュエルは確実に処刑され、お腹の子も無事に出産はできないだろう。もし無事に出産できたとしても、アルマンはその子を生かしておかない。サミュエル同様処刑するか、見せしめで奴隷にするかもしれない。

想像しただけで熱くなった身体が冷え、恐怖に震えてしまう。

息を乱しながら説明しても、サミュエルは先ほど同様全くたじろぐ様子はない。

「レティシア様は何も心配することはございません。貴女やここにいつか宿るだろう子供も、私が必ずお守りしますから」

サミュエルは愛おしそうにレティシアのお腹を撫でると、そっと口付けを落とす。

彼はとても有能で、頼りになる男性だ。けれど父であるアルマンは悪王と呼ばれ、国民たちから畏怖の象徴にまでされる男……一国の王と、その王に仕える執事――……勝敗を考えるまでもない。サミュエルが守ってくれたおかげでレティシアと子供が無事だとしても、彼がいない世界なんて考えられない。それでは意味がないのだ。

「や……っ……駄目……サミュエル……今は……やっぱり……」

「……もしやレティシア様は、私が欲望を吐きだしたいばかりに、貴女を納得させる都合の良いことを言っているとお思いですか？」

囁くように問いかけられ、レティシアは首を左右に振った。彼はそんな不誠実な人ではない。そんなことは絶対にありえない。

「……今はまだ方法を言えませんが、私は貴女を確実にお守りする手段を持っています……ですから、そのことをどうかお忘れにならないでください……」

「確実に……守る……方法……って？」

何……？

サミュエルは質問に答えず、自身を処女口に埋めるのを止めた。代わりに蜜をたっぷりまとった欲望をレティシアの花びらに挟み、大きく広げていた足を閉じる。

「サ、サミュエル……何を……ひゃぅっ……!?　や……何……っ？　あっ……あぁ……」

するとサミュエルは腰を動かし始め、花びらの間に雄々しい欲望をぬちゅぬちゅと擦り付け始めた。

「今日は無理に挿入などしませんから、ご安心ください……その代わり、これでたっぷり気持ち良くさせて差し上げますよ」

抽挿を繰り返されるたびに、敏感な粒が雁首に引っかかって刺激される。蜜を捏ねくり回されるいやらしい音やレティシアの甘い鳴き声がバスルーム内に響いて、鼓膜まで淫らな愛撫を受けているみたいだ。

花びらの間に挟み込まれた欲望は今ですら大きいのに、抽挿のたびにずっしりと質量が増していく。快感に頭がぼんやり痺れながらも、初めて男性器に触れたレティシアは、こんなに大きくなって大丈夫なのだろうかと考えてしまう。

は、破裂……してしまわないのかしら？

レティシアはふるふる震えながら、サミュエルにしがみつく。

「あっ……あぁ……ンぅ……や……サ、サミュエル……の……私に擦れて……す、すごく……お、大《お》っきく……なっているの……は、破裂……しちゃわな……い？」

「……っ……貴女はまた、そうやって私を……煽って……意地悪なお方ですね……」

艶やかに微笑まれ、レティシアは顔を燃え上がらせる。

「え……？　ち、違……っ……」

本当に心配しただけで、意地悪をしたつもりなんて少しもなかった。

「そんな意地悪ばかりをされるのでしたら、私も意地悪をしてしまいますよ？」

「ん、ぅ……っ……い、意地悪って……な、何……？」

「そうですね。レティシア様が油断されている間に、この溢れんばかりの愛液を生みだしている淫らな膣口に私のモノを挿入して、処女を奪って差し上げる……などでしょうか？」

「や……っ……そ、そんなの駄目……っ……それは……しないって……約束したもの……」

菫色の瞳に涙をいっぱいためて訴えると、サミュエルが甘い笑みを浮かべる。

「冗談ですよ。レティシア様があまりに私を煽るので、つい意地悪を言いたくなってしまうのですよ。まぁ、レティシア様も私に意地悪をしたので、お相子ですね？」

意地悪をした覚えなんて少しもないけれど、サミュエルの方がうんと意地悪だと、レティシアは快感で痺れた頭でぼんやりと呟く。

「お詫《わ》びにレティシア様のお好きな可愛い場所を、たっぷりと擦って差し上げますよ」

快感の塊を擦られたレティシアは、びくびくと身悶《みもだ》えを繰り返し、更に熱い蜜を零す。

「あっ……こ、擦れて……っ……ふ、ぁ……そ、そこ……だ、め……駄目なの……サミュエル……」

「可愛い……貴女のよがる顔を見ていると……理性が粉々になりそうです……」

絶頂を間近に感じ、意識が霞《かす》んでいく。

「サ、ミュエル……わ、私……また……っ……あ、ぁあ──……っ」

高みに押し上げられて、もう目が開けていられない。レティシアが身体を弓なりにしならせた瞬間──サミュエルも破裂しそうなほどに大きくなった肉棒をドクリと脈打たせ、欲望を放つ。

豊かな胸の上や柔らかなお腹の上に熱い飛沫《しぶき》をかけられ、ローズオイルの香りと雄の匂いが混ざり合い、官能的な香りがバスルームに広がる。

何……？

「……ああ……申し訳ございません。せっかく綺麗にしたばかりだというのに、汚してしまいました」

何をかけられたのだろう。レティシアは力が入らない手を動かしてそれを掬《すく》い取《と》った。

これって、何……かしら？

指と指の間にねとりと白い液体が糸を作って、不思議な香りを放っている。

それを快感に痺れながらとろけた瞳でぼんやり見つめていると、サミュエルに小さく笑われた。

「そんなに精液を観察されて、どうなさいました？」

「せい……え……？　あっ……」

その正体にやっと気付いたレティシアは、羞恥のあまり言葉が紡げなくなってしまう。思わず熱くなった顔を両手で隠そうとしたが、サミュエルに手首を掴まれて止められた。

「駄目ですよ。その手で顔を隠しては、精液が顔に付いてしまいますから」

「ひゃ……っ……」

サミュエルは動けずにいたレティシアを抱き上げると、自身が濡れるのも気にせずに、まだ快感で痺れている身体を清め始める。

「ぁっ……い、今……触っちゃ……駄目……ぇ……っんぅ、……っ……はぁ……あっ……ぁぁ……や……ンぅ……っ……駄目……」

びくびくと身悶えを繰り返しながら小さな悲鳴を上げても、サミュエルの大きな手は石鹸《せっけん》の泡を纏《まと》い、レティシアの全身をなぞるのを止めない。

「……そんな姿を見せられては、糸一本ほどで保っている理性が千切れて、無理矢理奪ってしまいそうですよ」

全身を綺麗に清められ、再びローズオイルでのマッサージを終えるまで、レティシアはまた何度も絶頂に押し上げられるはめになった。

◆◇◆

ある日のこと、レティシアはまたアルマンに手紙を書いていた。

渡したけれど読んで貰《もら》えない手紙は百通を超え、レティシアの愛用している羽ペンは目に見える程にくたびれていた。

「レティシア様、そろそろこちらの古いペンは処分しませんか？」

相変わらず贅沢《ぜいたく》を極めた夜会が行われている深夜――サミュエルは机に向かうレティシアの隣に座り、指を痛めないようペンに巻いている治療テープを張り替えてくれていた。

机の上には新しい羽ペンが用意されていたけれど、レティシアは一切使っていないことをサミュエルは知っている。

「ありがとう。でも、このペンが良いの」

初めてテープを貼ってくれた日以来、新しいテープに変えて欲しいと言う前に、サミュエルはこうして張り替えてくれるようになった。この時間はレティシアにとって温かい時間であり、楽しみにしている時間でもある。

何度張り替え直しても本体がくたびれていることに変わりはなく、彼は何度も本体を変えさせて欲しいと言ってきていたが、レティシアは決して頷こうとはしない。

「随分とこのペンにこだわりますね。そんなに書きやすいですか？　少々古いタイプですが、恐らく全く同じ物を取り寄せられると思います。手配致しますので……」

「それじゃ駄目よ。このペンは私の宝物だもの」

サミュエルがこうして優しさと一緒にテープを巻いてくれた瞬間から、このペンはレティシアの宝物だ。壊れたとしても、処分するなんて考えられない。

「そういえばこのペンはこちらで用意したものではなく、レティシア様がお持ちになってきたものでしたね。もしやどこぞの男からの贈り物なのでしょうか？」

サミュエルの声音が、少しだけ鋭くなったのがわかった。嫉妬されているように感じるのは、レティシアの気のせいではないはずだ。嬉しくて思わず口元を綻ばせてしまう。

「ふふ、違うわ。これは誰かに貰ったわけじゃないの。おばあさまの屋敷で何気なく使っていたペンで、その時は特に宝物じゃなかったわ」

ここへこのペンをわざわざ持ってきたのは、気に入っていたからではない。『今ある物は、壊れるまで大切に使う』という祖母の方針が身に付いていて、無意識のうちに持ち込んでいたのだ。

「では、なぜこのペンにこだわられるのですか？」

テープを巻き終えたサミュエルは、ペンを不思議そうにまじまじと見つめながら問いかける。

「それはサミュエルがね、私が手を痛めないようにって、こうしてテープを巻いてくれたからよ。あの時からこのペンは、私の特別になったの。このペンにはサミュエルの優しさがいっぱい詰め込まれている宝物なの」

恋人になったのだから、意地を張って気持ちを隠す必要はない。気恥ずかしく感じることも、なるべく彼へ伝えられたらいい。

少々照れくささを感じながらも、レティシアは頬《ほお》を薔薇《ばら》色《いろ》に染めて素直に答えた。

今思えば、あの時からサミュエルとの仲が深まった気がする。そう思うと、このペンがますます特別な物に思えた。

サミュエルが少しだけ頬を染めるのがわかって、レティシアは唇を綻ばせる。

「貴女《あなた》はどこまで可愛ければ気が済むのでしょうね。二人きりの時にそんな煽るようなことを仰るなんて……どうなるかわかっているのですか？」

「え？　……っ……ン……！」

首を傾《かし》げた瞬間に口付けをされ、うっすら開いていた唇の間からぬるりと舌が入り込んでくる。

最初は引きつらせるだけで、どうしたら良いかわからなかった舌も、今ではどうやって動かしたら良いかなんとなくだけどわかってきた。

気恥ずかしさを感じながらも恐る恐る舌を伸ばすと、サミュエルがそれに気付いてすぐに舌を絡めてくれる。

「ん……ぅ……んん……ぅ……ふ……はぁ……」

ぬるぬるとお互いの舌が擦れるたびに官能が生まれ、わずかな唇の隙間から甘いため息が零れた。

情熱的な口付けに翻弄されていると、胸元のリボンやボタンを外されていて、気が付けば胸元が露《あら》わになっている。

「は、恥ずかしいわ……サミュエル……」

サミュエルと恋人になってから、二週間ほどが経っていた。

彼はレティシアの意思を尊重して、最後の一線を越えようとはしなかったが、こうして何度もドレスを脱がし、柔らかな唇や肉厚な舌、長い指先で身体の隅々まで触れ、淫らな快感を与えている。

「私を煽《あお》るようなことばかりするレティシア様がいけないのですよ。意地悪ばかりする貴女には、仕返しを兼ねて、少しばかりの悪戯《いたずら》をしなければ気が済みません」

コルセットまで緩められ、白く滑らかな胸がこぼれた。裸を見られるのは初めてじゃないけれど、何度見られてもやはり恥ずかしいものは、恥ずかしい。

レティシアが肌蹴たドレスをかき集めようとするよりも先に、サミュエルが持っていた新しい羽ペンで首筋をくすぐられて、ビクンと身体が跳ねてしまう。

「やんっ……く、くすぐった……いっ……もう、サミュエル……悪戯しないで？」

「こうして悪戯しているうちに、このペンもレティシア様にとって特別な物になるかもしれませんよ？」

「そんなわけないでしょう。もう、サミュエルったら……」

意地悪な微笑みを浮かべられ、レティシアは両手を交差させて胸を隠し、抗議の視線でじっと睨む。けれどサミュエルにとっては、上目づかいで見つめられているようにしか感じない。

背中を向けてドレスを身に着け直そうとすると、サミュエルに後ろから抱きしめられた。

「あっ……」

「レティシア様、私はまだ着ることを許していませんよ？　私の悪戯は、まだ済んでいないのですから」

「あっ……こ、こんな悪戯……嫌だわ……」

耳元で囁《ささや》かれ、レティシアはゾクゾクと身体を震わせながらも抗議する。

「敏感なレティシア様は、羽ペンでくすぐられるだけでも淫らに感じてしまうのでしょうか」

「ち、違うわ……変なことを言わないで……私は、ただくすぐったくて……」

「意地を張られなくてもよろしいですよ。感じやすいのは悪いことではございませんから」

「もう、違うって言ってるのに……っ……」

「……では、試させていただいても？」

後に引けなくなったレティシアは、それがサミュエルの作戦だと気付かずに受け入れることを選んだ。

「ん……っ……ふふ……く、くすぐった……ぃ……っ」

薔薇《ばら》色の頬や細い首筋、華奢《きやしや》な腕の内側を柔らかな羽でくすぐられ、レティシアは眦《まなじり》に涙を浮かべながら笑う。

笑い過ぎて身体が熱い。身体に引っかかっているだけのドレスの下はしっとりと汗ばんでいて、脱いでしまいたいほどだ。

羽の先が薄く色づいた乳輪をかすめると、身体がピクンと跳ねて鼻にかかった甘い声が出てしまう。

「ぁ……っ……」

「そんないやらしい声を出してどうなさいました？　やはり淫らなレティシア様は、羽ペンで感じてしまわれているのでしょうか？」

羽の先で乳輪をくすぐられるとぷくりと盛り上がり、まだ触れられていないはずの先端が尖り始めた。

「ち、違……っ……ぁ……ンぅ……」

唇を噛んで首を左右に振っても、刺激は振りきれずに留《とど》まったまま——。

「こんなにも乳首を尖らせているのに感じていないとは、おかしいですね？」

乳首の形をなぞるように羽の先で擽られると、くすぐったいというより、むず痒《がゆ》い。もっと強い刺激が欲しい……いっそのこと、摘み上げてくれたら良いのにと淫らなことを願ってしまう。

「感じて……るんじゃ……な、くて……っ……あっ……や、やだ……駄目……っサミュエル……く、くすぐったいの……っ……」

くすぐられているはずなのに花びらの奥にある膣口はひくひく疼いて蜜を生み、ドロワーズを濡らし始めていた。

これ以上そこをくすぐられたら、サミュエルの言う通り、誤魔化しが利かないほど淫らに感じてしまう。レティシアは逃げるように席を立ち、乱されたドレスを掻《か》き合《あ》わせた。

「これ以上はくすぐったくて、無理だわ……も、もう、いいでしょう……？」

「……そうですね。これくらいで許して差し上げます」

良かった……。

レティシアがほっと安堵《あんど》のため息を吐いていると、サミュエルはなぜか再び着席を促してくる。

「あの、ドレスを直してからじゃ駄目かしら？」

「なぜ直す必要が？　ああ、淫らに尖《とが》った乳首を隠したいからですか」

「と、尖ってなんて……」

否定したかったけれど、レティシアの淫らに起《た》ち上《あ》がった乳首は、布をぷくりと押し上げていたのでそれ以上は何も言えなくなってしまう。

サミュエルは席を立つと、なかなか座ろうとしないレティシアの前に立つ。

「では、隠す必要はないですね。私達は恋人なのですから……」

「あっ……！」

ドレスの前を再び乱され、レティシアはまた胸をあらわにすることになった。羞恥と先ほどまで弄ばれていた刺激で、白い肌は薄らと薔薇色に染まっている。

「では、レティシア様が偽りを仰っていないか、確かめてみましょうか」

「確かめるって……？　きゃっ……！」

意地悪な笑みを浮かべたサミュエルは、レティシアを横抱きにするとソファへ腰を下ろした。

身動きが出来ず狼狽しているとドロワーズを引き抜かれ、ドレスのスカートの中に手を入れられてしまう。

「あっ……や、やだ、脱がさないで……っ……ひゃぅっ……！」

花びらの中に潜り込んだ指は、今にも垂れそうなほど満ちていた蜜に濡れ、くちゅと淫らな音が響いて羞恥をくすぐる。

「感じていらっしゃらないと言っていたのに、なぜ濡れていらっしゃるのでしょう」

「濡、れて……なんてないわ……」

手袋をしたままの指で秘玉を転がされると、布の感触が快感を誘い、背骨にぞくぞくと愉悦が走った。

「羽ペンで感じてしまうなんて、いけない人ですね」

指が動くたびに新たな蜜が生まれ、サミュエルの手袋を濡らしていく。

「……っぁン……やっ……ち、違……っ……んんぅ……」

身悶《みもだ》えを繰り返して肩口で息をしていると膝から下ろされ、ソファに直接座らされた。サミュエルは微笑を浮かべながら机に向かい、さっきまでレティシアをくすぐっていた羽ペンを手に取った。

「本当に違うのですか？」

もう感じていると気付いているのに、サミュエルは意地悪に質問をぶつけてくる。

でも恥ずかしくて、レティシアは頑《かたく》なに認めない。首を左右に振ると、サミュエルが再び近づいてきた。

「では、暴いて差し上げますよ」

「きゃっ……！」

片足を大きく上げられたレティシアは、バランスを崩してソファに転がった。ドレスはお腹《なか》の上までめくれ上がり、秘部が露わになる。

ローズピンクに色づいた秘部は蜜に濡れ、秘玉と処女口は物欲しげにひくひく疼いていた。

青い双眸《そうぼう》に晒《さら》されるとお腹の奥が熱くなり、サミュエルが見ている目の前で蜜が溢れてしまう。

「……っ……ぁ……い、嫌……っ……み、見ないで、サミュエル……ひんっ……⁉」

白く柔らかな太腿《ふともも》を羽ペンでなぞられると、刺激を受けて感じやすくなっていた身体は大げさなくらい跳ね上がった。

「濡れていないのでしたら、こちらも触れて問題ございませんね？」

唇を意地悪に吊り上げたサミュエルは、柔らかな羽で花びらの間をなぞりはじめる。

「ぁっ……ン……ぅ……や……っ……だ、だ……めっ……そんな……ところ、くすぐらないで……っ」

柔らかな羽が蜜に濡れ、ねっとりとした束になる。ねとり、ねとりと敏感な粒を撫でられると、じれったい刺激が伝わってきて、熱い吐息がこぼれた。

もっとさっきみたいに触れて欲しい。指でくりくり転がして強い刺激を与えて欲しい――。身体が熱くて、今にも理性や羞恥心が溶けてしまいそうだ。さらなる刺激を求めて、腰がおねだりするように動いてしまう。

「おかしいですね。レティシア様は濡れてなどいらっしゃらないと聞いておりましたが……」

秘部をなぞっていた羽ペンを目の前にちらつかされ、レティシアは羞恥で涙を浮かべる。ふわふわだった羽はねっとりと濡れて、今にもいやらしい蜜がしたたり落ちそうになっていた。そしてもちろん、先ほどまでレティシアの秘玉を転がしていたサミュエルの手袋も――。

「……っ……もう、意地悪しないで……お願い……」

恥ずかしさのあまり菫色の瞳を潤ませると、眦を舐められ、ちゅっと優しく唇を奪われた。

「申し訳ございません。意地悪が過ぎましたね……レティシア様の反応があまりに可愛らしくて、つい次はどんな反応を見せてくださるか……また次は……と、調子に乗って続けてしまいました。このままではせっかく恋人になっていただいたというのに、愛想を尽かされかねませんね」

サミュエルは自嘲気味に小さく笑い、レティシアの細い首や肌蹴た胸に、甘い口付けを落としていく。

愛想を尽かすどころか、サミュエルへの想《おも》いは日に日に深まるばかり。

さっきまではどうしてこんな意地悪をするのかわからなかったけれど、意地悪が彼の愛情表現だとしたなら、恥ずかしいけれど嬉しく思う。

もっとたくさんして欲しいと、思ってしまうほどに――。

「ふふ」

レティシアは頬を薔薇色に染めて、口元を綻ばせた。

「レティシア様？」

不思議そうに見つめられたレティシアは、サミュエルの両頬にそっと手を添えた。彼の肌は夜も深いというのにつるつるで、髭《ひげ》の生え跡すら見当たらないぐらいきめ細やかな肌をしている。

「なんでもないわ。ただ嬉しくて……」

「羽ペンで弄《いじ》られる意地悪がお気に召しましたか？」

また意地悪な顔で微笑まれ、レティシアは言葉が足りなかったことを反省しながらも、慌てて首を振る。

「そ、そうじゃないわ。サミュエルが私を好きでいてくれているのが伝わってきて、嬉しくなったの」

子供のように頬を膨らませると、くすくす笑われた。

「そんな嬉《うれ》しいお言葉を聞かせていただけるとは……私は愛想を尽かされたのかと思いました。まぁ、尽かされたとしても、離すつもりなど全くありませんが」

「ふふ、サミュエルったら」

春の陽だまりの中、日向《ひなた》ぼっこをしているみたいに、胸の中がぽかぽか温かい。けれど同時に胸の中がぎゅっと苦しくなる。

――こんな幸せな時間を、一体いつまで続けることができるのかしら。

レティシアは結婚適齢期であり、いつ嫁がされてもおかしくない状態だ。今日は大丈夫でも、明日がどうなるかなどわからない。それにサミュエルと幸せな未来をどう紡いでいくか……いくら考えても、名案は一向に思い浮かばなかった。

このまま時が止まってしまえばいいのに……。

そう願わずにいられない。レティシアが菫色の瞳を悲しみに揺らした時、サミュエルに唇を奪われた。

「ん、んんっ……」

サミュエルの口付けは優しくて、とても情熱的だった。舌を擦られるたびに身体が熱くなり、思考までも蕩《とろ》けていく。

「先ほどまで幸せそうに笑ってくださっていたというのに、どうしてそのような顔をされるのですか？」

「……それ……は……」

それ以上言葉が紡げないのは、舌が甘く痺《しび》れているだけではない。口にしては、きっと涙が零れてしまうからだ。

別れたくない……。

「レティシア様、何も心配する必要はございません。私が必ずお守りします」

「だめよ。私のせいで、サミュエルが危険な目に遭うのは嫌だわ……」

菫色の瞳から、ついに涙が零れた。

「危険な目になど遭いません。……ただ、貴女《あなた》が私を許してくれるかは、わかりませんが……」

サミュエルは俯《うつむ》いて長い睫毛《まつげ》を伏せ、暗い表情で小さく呟いた。

どういうことだろう。サミュエルはたまにこうして、レティシアがわからないことをぽつりと話す。

サミュエルは、何をする気なの……？

「サミュエル、それはどういうことで……」

「いいえ、なんでもございません。それよりもレティシア様には、意地悪をしたお詫《わ》びをしなくてはいけませんね」

次に顔を上げたサミュエルは、暗い表情から一転――艶やかに微笑んでいた。

「え？　きゃぁっ……!?」

足を大きく広げられ、閉じられないよう足の間に身体をねじ込まれる。

「あ……っ……だ、駄目……見えちゃう……っ」

「ええ、見るつもりですから。……ああ、こんなにも美味《おい》しそうに熟されて……蜜が溢れて、洪水になっていますよ」

「……っや……恥ずかしいこと、言わないで……っひ……ぁ……!?」

そして羞恥に頬を燃え上がらせるレティシアの花びらを広げ、開花を待ち望んで疼いている花芽を剥《む》き出《だ》しにさせた。

「清らかな穢《けが》れなど全く知らない色をしているのに、こんな淫らに疼かせて……」

吐息がかかるほど顔を近づけられ、レティシアはサミュエルの肩口を引き離すように押して、ふるふると首を左右に振る。

「お、お願い……っ……そんなに近くで見ないで……恥ずかしくて、死んでしまいそうだわ……」

「それはいくらレティシア様のお願いでも、聞いて差し上げられませんね。……私はこれから、貴女を気持ち良くさせるつもりなのですから」

艶やかに微笑んだサミュエルは、官能的な唇をしっとりと舐め、肉厚で長い舌を出した。

まさか――……！

「や……っ……う、嘘《うそ》……サミュエル……だ、駄目……ひゃぁあぁあんっ……!?」

花芽をねっとりと舐められた瞬間――羞恥を凌駕するほどの強い快感で呼吸が止まる。

柔らかくて弾力のある舌でぬるぬる舐め転がされるたびに、理性も何もかも転がされているみたいだ。

「あっ……や……だ、だめ……っ……そ、そんな……ところ……舐《な》めないでぇ……っ……ンぁ……っは……ぁ……ぅ……や……お、おかしくなっちゃ……ぅ」

サミュエルは蜜をじゅるっとすすりながら、硬くしこっていく花芽を舌先で突いたり、ねっとりと舐めあげる。

あまりの刺激に閉じかけていた瞳を薄ら開くと、サミュエルの舌が自分の秘めたる場所に埋められ、淫らな動きをしているのが見えた。羞恥すら甘い快感のスパイスに変えてしまう自分は、なんていやらしいのだろう。

でも、感じるのが止まらない……気持ち良くて、おかしくなりそう。

「……ん……甘い……ですね。……実は愛液ではなく、蜂蜜なのでしょうか……」

下腹部の中で快感の塊が膨らみ、今にも弾けそうだ。

「ち、違……っ……はぁっ……ン……ぅっ……やぁ……サミュエル……駄目……わ、私……」

「もう、達しそうですか？　良いですよ……達してください……」

柔らかな唇は空気の隙間ができないように花芽を咥《くわ》え、舌を激しく動かしたままちゅっと吸い上げた。

「きゃっ……あぁああ――……っ！」

大きくなりすぎた快感の塊が弾け、レティシアは身悶えを繰り返しながら、溢《あふ》れた快感に押し流される。

「達したようですね……」

絶頂に痺れた秘部に熱い息がかかり、それだけでまた小さく達してしまう。

「あっ……ぅ……サミュエル……だ、だめぇ……い、息……っ……ふ、ぁ……っ」

強すぎる刺激に声が上手く出せない。いや、声だけじゃない。呼吸すらも今までどうしていたかわからないほどに乱れていた。

「ああ、息だけでまた達してしまわれましたか？　良いのですよ。貴女が暗い考えに囚《とら》われないように、何度でも絶頂に導いて差し上げます……」

達したばかりの花芽を再び舌で転がされ、レティシアは背中を弓のようにしならせる。

「あ、あぁっ……やぁ……だ、だめ……っお、おかしくなっちゃ……っ……ぅ……ぅう……お、願い……も、これ以上……したら……っ……あぁっ……！」

「おかしくなった貴女が見たい……私にだけ見せてください。可愛いレティシア……」

「……っ！」

　こんな時に、初めて敬称なしで呼ぶなんてずるいわ……。

「可愛い陰核がひくんと跳ねてお返事をしてくださいましたよ？　レティシアは敬称なしで呼ばれる方がお好きなようですね」

　レティシアは恥ずかしさのあまりふるふる震え、ぷいっと顔をそむけた。

「も……ぅ……サミュエル……の意地悪……っ……」

「これからは二人きりの時だけ、敬称なしで呼ばせていただくことにしましょうか……私の可愛い可愛いレティシア」

　嬉しい……。

　彼に呼ばれるたびに自分の名前が特別大切な物のように感じられて、身体が熱くなってしまう。

「ああ、またひくんと鳴いてくださいました。どうやらこちらの唇の方が、おしゃべりなようですね。……ほら、もっとお話を聞かせてください。私の可愛いレティシア……」

「や……っ……も、意地悪しない……で……っ……ひぅっ……ぁ……サミュエル……だ、だめ……っあ、ぅ！　……ン……はぁ……っあ、ぁあ――……っ！」

　再び快感の波に呑み込まれたレティシアは、サミュエルの与える甘く意地悪な刺激に翻弄され続ける。

このまま時が止まれば、こうしてずっと二人で愛を確かめあえるのに……。

そんな救われない願いを胸に秘め、レティシアは甘い声を上げ続けた。

◆◇◆

サミュエルの愛情に包まれ、幸せを感じる日々を送って間もなくのこと――レティシアはアルマンの一言により目の前が真っ暗になった。

「え……？　お父様……今、なんて……？」

レティシアは声を震わせ、アルマンにもう一度発言を促す。本当は聞きたくない。嘘だと言って欲しかった。

「レティシア、お前の嫁ぎ先がアンバー国に決まった。出発は一週間後だ。喜ぶと良い……と言ったが？」

驚愕とショックのあまり、レティシアは目を見張る。アルマンや側室たちはそんなレティシアを見て、口元を歪めるように吊り上げた。

「そんな……」

最近アルマンは、口を開けば政治のことしか話さないレティシアを煩わしく思い、一緒に食事を摂るのを避けていた。同じ席に着いた最後の日は、殴りつけられた日だ。

あれからレティシアは自室で食事を取るよう命じられていたが、今日は久しぶりにアルマンと同じテーブルを囲むことを許された。少しでも長く国政について話すチャンスだと気持ちを昂《たかぶ》らせていたが、アルマンの目的は婚約話をレティシアに告げるためだったようだ。

アンバー国は、鉄資源が豊かな大国だ。レティシアの婚姻でアンバーと友好国になれば、戦争に使う資源を大量に援助してもらえるに違いなかった。

アンバー王はアルマンより遥かに年上で、レティシアから見れば夫というよりも祖父に見えるだろう。彼は大の女性好きらしく、側室を三十人以上持ち、日替わりで夜を共にしているそうだ。今年で六十歳を迎えたが、未《いま》だたくさんの子を生《な》していて、今も三人ほどの側室が出産を控えている。

アンバー王は昨年正妃を亡くしており、レティシアは後妻として嫁がされる予定らしい。

「アンバー国と友好条約を結べば、我が国はますます大国として発展を遂げていくだろうな。アンバー王の寵愛が受けられるよう、そのみすぼらしい服を脱ぎ捨て、美しさを引き立てるように着飾るように」

レティシアはショックが大きすぎて、何も言葉を紡ぐことができない。そして、アルマンの後ろに控えているサミュエルの顔を見ることもできなかった。

嫌……私、嫁ぎたくない。サミュエルと別れたくない。それにまだお父様の悪政を正せないまま、国民たちを置いて嫁ぐなんて……！

サミュエルはどんな顔をしているのだろう。レティシアと同じく絶望に打ちひしがれた表情を浮かべているのだろうか。気になっているのに、レティシアはやはりサミュエルの方を見ることができなかった。

頭上ではシャンデリアが眩《まぶ》しいぐらい煌めいているのに、明かりが消えて真っ暗になったみたいだ。どちらが前で、どちらが後ろかもわからない。こめかみの奥がどくどくと激しく脈打って、身体は金縛りにあったように動かすことができなかった。

どうしたら……どうしたらいいの？

その時、慌ただしいノックの音と共に、重臣が転がるように入ってきた。

「アルマン様……！　至急お耳に入れたいことが……！」

「なんだ。こんな時に……」

渋々と言った様子で発言を許されると、重臣は真っ青な顔をして口を開く。

「プ、プレナイト国に攻め込ませていた部隊が、最早《もはや》壊滅状態です……！　アルマン様、どうかご指示を……！」

古くからの歴史を持つプレナイト国は大陸最大の領土を持ち、アルマンが常に敵視していた大国だった。彼はこの国を手に入れることを最大の目標として数年前から何度も戦争を起こしていたが、プレナイト国の軍事力はファントム国と比べものにならないほど優れていて、ファントム兵は何度も撤退を余儀なくされている。レティシアはもういい加減諦めたものと思っていたが、野心家のアルマンは諦めていなかったらしい。

たびたび起こっている戦争のせいで、兵士の犠牲は計り知れないほど膨れ上がっている。日に日に国民数が減り、今にも老人や少年も出兵を余儀なくされてもおかしくないと言われているほどだった。

「お父様、まだプレナイト国を諦めていなかったのですか⁉ 早く兵を撤退させてください！」

立ち上がって声を荒げたレティシアを見て、アルマンは唇を吊《つ》り上《あ》げる。

「撤退など許さぬ」

「今でも壊滅状態なのに、このまま攻め込んでも勝ち目はありません！ お父様は兵達に無駄死にしろと仰《おつしや》るの⁉」

「ああ、その通りだ。役に立たぬ兵など、私には必要ない」

「な……」

「侵略を成功できないのなら、そのまま死ねば良い。代わりの兵などいくらでも作ることができる。我が国の成年男子の人口率は少なくなってきているが、女子供は山ほどいる。種馬さえ残しておけば、いくらでも増産可能だ」

アルマンはくくっと楽しげに笑い、血のように赤いワインを口に含む。レティシアがいくら撤退を促しても、アルマンはそれを決して許さない。

「お前はもうすぐアンバー国の王妃となる人間だ。もう、ファントム国の姫ではないのだから、我が国のことに構ってくれるな」

込み上げてくる怒りで身体が戦慄《わなな》き、レティシアは血がにじむほど手をぎゅっと握る。

なんて人なの……！

「新しい鳥籠ではアンバー王に飽きられぬよう、下手な歌ではなく、せいぜい甘く鳴いてみることだな」

「……っ」

ファントム国を大きくするため……政治のための婚姻――その他にもアルマンの頭には、唯一人自分に逆らう邪魔なレティシアを、一刻も早くどこかへやりたいという目的もあったのだった。

第三章　独占欲に奪われて

アンバー国への出立は、一週間後——夜が明けたので、もう六日しかない。

昨夜はサミュエルと顔を合わせるのが怖くて、わざと彼を避けてしまった。

いつもなら深夜、サミュエルはレティシアが眠る前に部屋へ来てくれるのだ。他愛《たあい》のない話を楽しみ、心を繋《つな》げてからはおやすみのキスをしてくれる。彼が部屋に来ることがわかっていたから、レティシアはひっそりと薄暗い図書室に身を潜め、一夜を明かすことにした。

図書室から見える血のように赤い月を見ながら、レティシアはある可能性に気が付く。

アンバー国の王は女性関係の激しい男性であったが、国民を愛する人格者だと祖母から聞いたことがある。——アンバー国へ嫁ぎ、王の協力を得ることができれば……アルマンの悪政を止めることができるのではないだろうか。

「……っ」

けれどサミュエル以外の男性に触れられるなんて、想像しただけで鳥肌が立つ。

嫌……サミュエル以外の男の人なんて……。

国民が苦しんでいるのに、個人の気持ちを優先するなんてとんでもない話だ。けれど逃れられない。涙が次から次へあふれてきて、溺れてしまいそうだった。

夜が明けてすぐに寝不足の身体を引きずり、レティシアは教会での手伝いに精を出すことにした。忙しく動いている間だけは、考えなくてすむ。

——嫁ぐ日なんて、永遠に来なければいいのに……。

◆◇◆

早朝——レティシアは人目を盗み、やっと仕事が終わったであろうサミュエルの部屋を訪ね、控え目に扉をノックした。

『レティシアですね。今開けます』

扉はまだ開いていないし、扉には覗《のぞ》き穴も付いていない。どうしてわかったのだろう。

「私の部屋に来てくださったのは、初めてですね」

「え、ええ、そうね。えっと……おはよう、サミュエル」

「はい、おはようございます」

サミュエルは柔らかく微笑み、レティシアを部屋に招き入れた。

自室に居た彼は、白シャツにトラウザーズというラフな格好をして、艶やかな銀髪は濡れていた。どうやら風呂から上がったばかりらしい。

ラフな格好をしているのに、サミュエルは目を見張るほど美しい。銀髪に付いた水滴がまるでダイヤモンドに見えてくるほどだ。

つい見惚《みと》れてしまうと、サミュエルに泣きはらして瞼《まぶた》を腫らしていたことに気付かれてしまい、すぐに冷やしたタオルを用意された。

ソファに腰を下ろすと、彼が冷たいタオルを瞼に当ててくれた。押さえていてくれるおかげで、レティシアは指一つ動かす必要はない。

いつもは彼に甘やかして貰えるのが嬉《うれ》しいのに、今日は胸が千切れそうだった。

「……どうして確かめていないのに、私だってわかったの？」

「足音ですよ」

「私の足音って、そんなに煩《うるさ》いのかしら？」

今まで全く意識したことがなかったけれど、扉の中にまで聞こえるほど煩いのだろうか。

「いいえ、とても可愛《かわい》らしい足音ですよ。私は耳が特別良いので」

「そう、なの……。すごいのね……」

タオルで目を覆われているから、サミュエルの顔は見えない。

良かった。今サミュエルの顔を見たら、泣きじゃくってしまいそうだもの。

「昨日はお部屋を抜け出して、どちらへ行っていらっしゃったのですか？」

「……ちょっと気持ちの整理をしに……一人になれる場所へ行っていたの……」

「アンバー国の件でしょうか」

心臓が鷲掴《わしづか》みされたように痛む。息が苦しくて、言葉が紡げない。

言わなくちゃ……いけないのに。

「瞼を腫らすほど泣いた原因も、その件ですか？」

「……そ、れも……ある……けれど……」

やっとのことで出した声は、小さく震えていた。

「他にも何かあったのですか？」

理由を話したら、すがりついてしまいそうだ。冷やした瞼の奥が熱くなって、タオルに溢れた涙が滲《し》み込んでいく。

「……サミュエル……ごめんなさい……」

「なぜ、謝られるのですか？」

サミュエルの声音が、少し鋭くなる。

まるでこれから話すことを見透かされている気がして、レティシアは喉を引きつらせた。

けれど、言わなければならない。もう悩んでいる時間など、少しもないのだから――。

「貴方《あなた》と未来を歩いていける方法を考えるって言ったのに、思い付かなくて……結局はこんなことに……」

レティシアはタオルを当てているサミュエルの手を避け、涙で濡れた瞳でサミュエルを真っ直ぐに見た。

「貴方と一緒に未来を歩いていけなくなって……ごめんなさい……。私、アンバー国へ……と、嫁ぎ……ます……嫁いで、アンバー国王に、お父様の悪政を正すお手伝いをしてもらえないか……かけあってみるわ……」

菫色《すみれいろ》の瞳から涙が溢れ、サミュエルの顔が見えなくなってしまう。大きな石を詰め込まれたように言葉が上手く紡げない。

「貴方からたくさん幸せを貰ったのに……たくさん優しくして貰ったのに……私はこんな形で貴方を裏切ることになって……ごめんなさい……ごめんなさい……」

「……私が申したことを、お忘れですか？　レティシア」

「え？　…あっ」

サミュエルは嗚咽《おえつ》を上げて涙を零すレティシアを抱き上げると、ベッドに組み敷いた。鋭い青い双眸《そうぼう》に見下ろされると、喉がひくりと鳴る。

「何も心配することはない――と、言いました。お忘れですか？」

「忘れていないわ……でも、そんなのは駄目……」

「なぜ？」

「……だって、貴方は何か危険なことをするつもりだもの。……そんなの、絶対に嫌だわ

「……！」

「他の男の元へ嫁ぐという意味がわかっているのでしょうか。……私ではない、他の男に抱かれるということですよ？」

嫁ぐのだから、当然そういうことになるだろう。わかってはいたけれど、いざ言葉に出されると息が出来ないほど胸が苦しい。

「……子供じゃないんだもの。ちゃんとわかって……いるわ。か、覚悟……してる……」

声を震わせながらそう答えると、サミュエルはドレスの中に手を潜り込ませ、ドロワーズ越しにレティシアの秘部を手の平で包み込んだ。

布越しに彼の体温を感じると、サミュエルから与えられた刺激を思い出した膣口が、ひくんと疼いてしまう。

「や……っ……サミュエル……何を……」

グッと力を入れられるとドロワーズに指が食い込み、ほんのわずか膣口に触れた。

「ひうっ……!?」

「いつも私に弄《いじ》られて濡らしているここに、他の男を咥《くわ》え込むことを覚悟しているというのですか？」

「……っ……そういう言い方……しないで……」

ドレスの中から手を追い出そうとするけれど、びくともしない。

「遠回しに言って欲しいのですか?」

嫌……サミュエル以外の人なんて、絶対に嫌……!

心が叫んでいても、現実から逃げられるはずもない。

「ごめんなさい、サミュエル……こんな風に貴方を傷付けることになるのなら、私は気持ちを伝えるべきじゃなかったわ……ごめんなさい……ごめんなさい……」

「いいえ、許しません」

サミュエルの声は、ぞくりとするほど低い声だった。

菫色の瞳を瞬かせた瞬間――静かな部屋にドレスを引き裂く音が響く。

ドレスの生地はしっかりしたもので出来ているはずなのに、サミュエルは柔らかな布を破るようにいともたやすく破いていく。

「きゃ、ぁ……っ……!? サミュエル……何を……っ……あっ……い、いやっ……止めて……っ!」

サミュエルはベッド横に置いてある引き出しから短剣を取り出し、コルセットの紐《ひも》を切っていく。

抵抗して身体を揺らすと、緩んだコルセットから豊かな胸が放り出されてしまう。

露《あら》わになった胸を隠そうとしたレティシアの両手は、艶やかな蜂蜜色の髪を結んでいたりぼんを解かれ、一まとめにされた。きつく結び付けられたりぼんはベッドにくりつけられ、自由を奪われたレティシアは身体を隠すどころか、逃げ出すことすら叶《かな》わない。

放り出された白くまろやかな豊かな胸に、長く無骨な五本指が食い込み、淫らに形を変えていく。ベビーピンク色をした乳首は手の平に擦れるたびにぷくりと膨れ上がり、押し返すように硬くなった。

「ぁっ……サ、サミュエル……駄目……っ……ン……ぅっ……！」

受け入れてはいけないのに……こんなに強引にされているというのに……身体は愛おしい人の愛撫《あいぶ》に素直すぎるほど反応してしまう。

「この手に余るほど大きい胸も、少し触れられただけで尖《とが》ってしまう淫らな乳首も、全て私のものです。他の男に触れさせることなど許しません」

「……っ……で、も……っ……私……は……っ……ひぁんっ……!?」

尖った乳首を甘噛みされ、レティシアはビクンと身体を跳ね上がらせる。

「やぁ……か、噛まないで……っぁ……っ……ふ……ぁ……」

「……本当にアンバー国王からこうされる覚悟ができていたのですか？」

甘噛みされた乳首は更に尖っていて、指先で強めにぐりぐり摘むように転がされると、甘い声が喉を突くように溢れて止まらない。

「や……ぁ……っ……」

こんなに意地悪な触れ方をされていても、花びらの奥はとろとろに潤んでいた。無意識のうちに膝と膝を擦り合わせると、太腿《ふともも》までの長さのストッキングがふくらはぎまで下がっていく。

「それとも淫らなレティシアは、男なら誰でも気持ち良くなってしまわれるのでしょうか……？　私以外の男でも、気持ち良くさえしてもらえれば、構わないのでしょうか」

「そんなわけないわ……！　サミュエルじゃないと嫌……っ」

酷《ひど》いことを言われたレティシアは、感情が昂《たかぶ》ってつい本音を零してしまう。

本当のことを言ったところで、未来は変えられないのに……かえって別れが辛くなるだけなのに——。

「……っ……でも……私……もう、情けないけれど、アンバー国王にすがるしかないの……っそれしか……国民を救える方法は……ひぅっ⁉　……ぁ……い、痛……っ……！」

サミュエルはレティシアの乳首の上に吸い付くと、花びらのような痕をいくつもいくつも散らしていく。

「あっ……だ、駄目……痕を付けたりしたら……っ……嫁ぐ日までに消えなくなっちゃ……っ……ぅ……！」

「当たり前です。消えないように付けているのですから」

「や……っ……サミュエル……やめ……っ……あ、ぅ……っ……」

やめて欲しいと懇願しても、サミュエルは吸い付くのを止めない。白く美しい鎖骨や乳房の裏、太腿の内側に至る全身を愛撫しながら、ドレスに隠れる全ての場所へ痕を残していく。

「こちらにも痕が付けられたら、良いのですけどね……」

太腿の間に身体を割りいれたサミュエルは、長い指先ですっかり濡れそぼった乙女の花びらを開き、疼く剥《む》き出《だ》しにした蕾《つぼみ》を唇で挟むと、ちゅっと吸い上げる。

「あっ……そ、そこ吸っちゃ……あっ……あぁっ……や、ぁっ——……っ！」

強い快感に押し流されたレティシアは細腰を弓のようにしならせ、絶頂に痺れた。

頭が真っ白で、呼吸すらままならない。

「貴女《あなた》は悪王の元に居ても、二年前と少しも変わらず純真なのですね……いつだって茨《いばら》の道ばかりを選び……涙を流しながらも、誰もが嫌だと思う道を進もうとする……私はそんな貴女を尊敬しています。そしてそれ以上に愛している……」

「サミュ……エル……？」

「だから貴女がそうしたいと思うことは、どんなことでも全て叶えたいと思っていました……」

「……っ⁉」

絶頂に痺れる処女口に大きな何かを宛《あ》てがわれ、ぎくりとする。

「ですが、他の男の元へ行きたいなど許せるわけがない」

蕩《とろ》けた頭でも、それがサミュエルの欲望だとわかるのに時間はかからなかった。

「や……サミュエル……駄目……っ……それだけは……」

サミュエルと身を結べば、彼の子を宿してしまう可能性がある。子供を宿したままアンバー国に嫁いだとしたら？　……先はもう、見えすぎるほど、見えていた。

「貴女は私のものだ。他の男にも、貴女自身であろうと……譲るつもりはない」

「サミュエル……っ……！」

宛てがわれた巨大な灼熱の杭は、ぴったりと閉じていた処女肉をめりめりと一気に奥まで押し広げた。

「――――……っきゃ、ぁあ……！」

あまりの痛みに目の前に火花が飛び、レティシアは力無き悲鳴を上げる。サミュエルの膨れ上がった欲望は、狭い蜜道を少しも余裕がないほどみっちりと埋めていた。

「……誰にも渡しません。仕方ない状況だったとはいえ、そんな愚かな考えを抱いたことを後悔してもらいますよ」

「や……ぁ……っ……痛……っ……ぃ……ぬ、抜いて……サミュエル……」

呼吸でお腹《なか》がわずかに動くことすら辛くて、先ほどまで快感を喜ぶように収縮を繰り返していた蜜道は強張り、酷く熱を持っているようだ。

「抜きません。奥でたっぷりと子種を放ち、貴女の狭く可愛い膣道が私の形を覚えて忘れられなくなるまで……」

「そ、そんなのだ……め……っ……サミュエル……お願い……は、早く抜い……」

「嫌です」

サミュエルは挿入したまま、レティシアの身体をぎゅっと抱きしめた。尖った乳首に彼のシャツの感触が伝わってきて、びくっと身体が揺れてしまう。

「……貴女の心も身体も堪能できるのは……私だけです。髪の毛一本でも、他の男になどくれてやりません」

「やぁ……！」

抱きしめてきた腕はとても逞《たくま》しくて、熱い――サミュエルの爽やかでありながら官能的な香りを感じると、落ち着くのに胸の奥がきゅんと切なげに鳴いた。

痛みに身体を強張らせながらも、レティシアの心の中は二つの相半する思いでいっぱいになっていた。

一つは、アンバー国に嫁ぐ身でありながら、とんでもないことを仕出かしてしまったという一国の姫としての気持ち。

そしてもう一つは、愛する人と身体を繋げられて嬉しいという、一人の女性としての気持ちだ。

「レティシア、呼吸を止めないでください。息を深くゆっくりと吸って、吐いて……」

「……っ……で、も……息をすると……痛くて……っ……」

声の振動だけでも痛くて、深く息を吸うなんて無理だ。

「レティシアの中は小さくて可愛らしいので、余計痛むのかもしれませんね……力んでいるのも原因でしょう。どうか身体を強張らせないでください」

レティシアの身体は痛みのあまり、無意識のうちに灼熱の杭を追い出そうと、下腹部に力を込めてしまっていた。けれど緩め方などわからない。

首を左右に振ると、サミュエルがほんの少しだけ身体を起こし、胸の頂を肉厚な舌で舐《な》め転がしながら、敏感な粒を指の腹でそっと撫《な》でる。

「や、ぅ……!?」

「大丈夫ですよ。私の舌や指に集中してください」

「だ、駄目……今、どこ……を触られても、痛……く、て……」

ふるふる首を振るけれど、サミュエルは触れるのを止めようとしない。

いつもなら少し触れられただけでも気持ち良くなれるけれど、今は痛みのせいで感じられるはずがない。

「ぁ!? ……ン……ぅ……っ……はぁ……んんぅ……っ……ぁ、ぁあっ……ど、どうして……っ……んぅ……っ!」

——そう思っていたのは、ほんの数秒のこと。

「やあ……っ……ど、どうして……？ 痛い……の……に……な、中……が……う、動いて……っ……ン……ぁ……っ」

引き裂かれそうな痛みに散り散りになっていた快感が、指や舌で転がされるたびに徐々に戻ってきて、灼熱の杭を受け入れている蜜道や最奥がむずむずと疼《うず》き、再び甘い蜜を零し始めたのだった。

「また溢れてまいりましたね……大丈夫ですよ。レティシアの身体は感じやすいですし、指で掻《か》き回《まわ》していた時も気持ち良さそうにされていたので、すぐにこちらでも慣れるはずです」

「ち、違……っ……私、感じ……やすくなんて……っ……あっ……ンぅ……」

サミュエルは赤く長い舌を出すと、硬くなった乳首を舌先で潰す。

「……こんなに硬くして、どこが感じやすくないと言うのですか？　舌が押し返されそうですよ。ほら、見てください……」

恐る恐る視線を落とすと、ローズピンク色をした乳首が唾液で淫猥《いんわい》にてかり、サミュエルの舌を押し返すようにつんと尖りきっているのが見えた。

なんていやらしいの……！

「やぁ……っ……」

一国の姫として感じてはいけないはずなのに、女の自分は好きな人に愛撫されることを悦《よろこ》んでいた。

散り散りになっていた快感が戻ってきたのと、サミュエルが欲望を動かさずにいてくれているおかげで、痛みがだんだん遠のいていく。

喘《あえ》ぎ混じりではあったけれど、少し呼吸も楽になった。

「……っ……身体が綻んできました……ね。……そろそろ、動きますよ」

「え……っ⁉　や……っ……サミュエル……待っ……あ、あぁ……っ！」

腰を引かれると奥まで押し広げていた肉棒がぬぷぷ、と音を立てながら抜けていって、肌が粟立《あわだ》つ。内臓を引きずり出されそうな感覚が怖くて、手の平にぎゅっと爪を立ててしまう。

サミュエルはレティシアが痛みに囚《とら》われないように、乳首や身体を繋《つな》げている上にある敏感な粒を転がすことを止めない。銀糸を紡いだように美しい彼の髪が、白い胸をさらさらとくすぐり、愛おしさが溢れる。

手が自由になっていたのなら、きっとサミュエルにしがみ付いていた。

「……レティシアの中……ぬるぬるで熱くて……私の陰茎にねっとりと絡みついてきていますよ……動物のように腰を振りたくりたくて……堪らなくなります……」

「や……っ……だ、駄目……っぁ……あぁ……っ……」

サミュエルはそう言いながらも我慢してくれているのか、レティシアの狭い膣道をじっくりと広げていくようにゆっくりとした抽挿を繰り返す。動かれるたびに、恥骨がぎしぎし軋《きし》むのがわかった。

「大丈夫……急に激しくはしません……ゆっくり、慣らしていきます……から……。今は中ではなく、指や舌に集中していてください。少しずつ綻んで参りましたが……まだ、すごく痛みますか?」

「ン……ぅ……っ……さ、最初……よりは、大丈夫……だけど……は、早く……抜いて……これ以上したら……あ、赤ちゃん……が……できちゃ……ぅっ……」

涙をぽろぽろ零しながら必死で訴えても、サミュエルは中を押し広げるように腰を動かし続け、一向に引き抜く気配を見せない。

「やぁ……っ……サミュエル……も……動いちゃ……だめぇ……っ」

彼が動くたびにぐちゅ、ぬちゅ、という淫らな音が響いて、結合部からは掻き出された血液混じりの蜜が溢《あふ》れ出《だ》し、真っ白なシーツを染めていく。

動かれるとまだ少し痛むけれど、愛撫をしてもらっているせいか先ほどよりは辛くない。

経験を積んでいる女性は、男性に貫かれるとそれはそれは甘い快感を受けるらしい。中には快感に溺れ、依存症のように毎夜男を受け入れなくては気が済まない人もいるほどと聞く。

けれど破瓜《はか》を済ませたばかりのレティシアは、まだ刺激を快感として受け止められない。それでも一つ感じていることはただ一つ——愛《いと》しい人が自分の中に居るというのは、涙が溢れるほど嬉しいということだ。

擦りたてられていくうちに忘れてはいけない姫としての自分の意識が薄れ、一人の女としての意識が濃くなっていく。

サミュエル……好き……どんなに痛くても良いから、ずっと、ずっと貴方《あなた》と繋がっていたい。

ゆっくりとした抽挿はレティシアの身体が慣れていくのを見計らい、少しずつ激しくなっていく。

サミュエルは呼吸を乱しながら、レティシアの中を夢中になって味わう。

「レティシア……申し訳ございません……私……ばかり、気持ちよく……なってしまって……」

「ぁ……ぅ……っ……ん……サミュエル……き……気持ち……いい……の？」

「ええ……愛している女性を抱いているのですから、感じていないはずがありません……気持ちが良すぎて……気が狂いそう……です。私の可愛いレティシア……」

甘いため息はレティシアの薔薇色に染まった肌だけではなく、心までも擽《くすぐ》った。

このまま、時が止まれば良いのに――……。

「あっ……サミュエル……の……びくびくって……」

何度も中を擦りたてられていくうちに灼熱の杭はさらに膨張し、浮き上がった血管が蜜壁を刺激する。

「……そろそろ、出します……よ……」

「え……？　だ、す……って……」

痛みに慣れた身体を激しく揺さぶられ、レティシアはやっと意味を理解した。

「や……っ……！　駄目……抜いて……サミュエ……」

灼熱の杭は限界まで熱を高め、レティシアの最奥で熱い欲望を放つ。

「──……だめぇぇぇえ……っ！」

レティシアの消え入りそうな悲鳴と同時に、肉棒はどくどくと脈打ち、最後の一滴も残さず熱情を彼女の中へ注ぎ込んだのだった。

第四章　鳥籠から鳥籠へ

「今はそういう気分じゃないの……」

「申し訳ございません。ご抵抗されるようでしたら、縛り付けてでも……というアルマン様からのご命令なのです」

サミュエルに身体を奪われた翌日の晩餐《ばんさん》後——レティシアの部屋には、アンバー国へ嫁ぐ日の装いを決めたいと、たくさんのドレスや宝石を持ったメイド達がやってきていた。

ファントム国の経済力を示すため、用意された物はどれも贅沢《ぜいたく》を散りばめた豪奢《ごうしゃ》なものばかり。自国が侮《あなど》られないためにも飾り立てなければいけないとはわかっていたが、自国の経済状況がわかっているレティシアには、ただの無駄遣いにしか見えなかった。それにサミュエルではない男性のためにめかし込むなんて、仕方がないこととはいえ気乗りがしない。

押し開かれた膣道はまだサミュエルを受け入れているかのような感覚を持っていて、いつにもまして彼のことばかり考えてしまう。昨晩は眠ると悲しい夢を見てしまうような気がして、一睡もできなかった。

「レティシア様、お願い致します。レティシア様を縛り付けるなんて、私たちにはとても……」

メイド達はアルマンに逆らえない立場に居るため、悪政について何か意見をすることはなかったが、レティシアにはいつも良くしてくれていた。弟王子や妹姫から装いを馬鹿にされた時には落ち込まないよう励ましてくれるし、嫌がらせを受けないようさり気なくきょうだい達との距離を測ってくれることをレティシアは知っている。

これ以上彼女達を困らせるわけにはいかない。それにこれは避けては通れない道だ。逃げてばかりいても仕方がない。

「わかったわ。我儘《わがまま》を言ってごめんなさい」

覚悟を決めたレティシアは、生まれて初めて豪奢な衣装に身を包んだ。

蜂蜜色の艶やかな髪はくるくる巻かれ、薔薇のコサージュにりぼんが付いたヘッドアクセサリーを飾られた。薔薇には水滴に見えるように、ダイヤがいくつも散りばめられている。

ローズレッド色のドレスは、豊かな胸元を強調するように開いていて、コルセットで締められていることもあり盛り上がった胸が深い谷間を刻んでいた。ふっくらとした袖は華奢《きゃしゃ》な腕を愛らしく飾り、パニエでたっぷり膨らまされたスカートは可愛らしく、くびれた細腰は艶っぽい。

ダイヤモンドとルビーのアクセサリーを纏《まと》うと、メイド達が頬を染めてため息を零す。

「レティシア様、とてもお似合いですわ……妹姫様や、弟王子様に見せつけてやりたいほどです」

「ありがとう……でも、豪華すぎるわ……どれくらいのお金がかかったのかしら……これを買うお金があったら、国民達をお腹いっぱいにしてあげられるのに……」

国民達に申し訳がなくて、レティシアは唇を噛む。

「レティシア様……」

「それに胸元を強調しすぎじゃ……あっ……！」

目線を胸元にやると、サミュエルの口付けの痕が残っていた。いつものドレスなら隠すことができるけれど、このドレスは胸元が開きすぎていてぎりぎり見えてしまう。

「どうかなさいましたか？」

「な、なんでもないわ。あの、やっぱり胸元を強調しすぎだと思うの。もう少し隠せないかしら？」

レティシアは胸元を必死に引き上げ、メイドが選んでくれた絹で紡がれている羽のように軽いショールを肩にかけて隠す。

「ショールをかけるのも上品で素敵ですね」

「え、ええ」

無事隠せたことにほっと胸を撫で下ろしていると、部屋の扉をノックする音が聞こえた。

『レティシア様、お着替えは済みましたでしょうか？　アルマン様がお見えです』

扉の外から呼びかけられ、レティシアは心臓を跳ね上がらせる。

「……え、ええ……どうぞ」

二人の兵を連れて入ってきたアルマンは、レティシアの装いを見るなり『ほう』と感嘆のため息を零した。

「エリザベスが生き返ったようだ。美しい……お前達はどう思う？　感想を述べてみよ」

兵達はレティシアを上から下までねっとりと舐めるように眺めた。意味深な笑みを浮かべられ、レティシアは思わず後ずさりしてしまう。

彼らはアルマンが目をかけている騎士団の者で、武力を磨くよりもアルマンのご機嫌を取ることに長《た》けている人間だった。

どうして騎士兵を連れてきたのかしら……。

「いやぁ、実に美しい。ぞくぞく鳥肌が立つほどですよ」

「目立たぬ格好をして美しさを隠すとは、レティシア様もお人が悪い。夜会に出席すれば、確実に男が放っておかなかったでしょう」

「そうだろう、そうだろう。小鳥のように煩《うるさ》い娘だが、美しさは我が娘達の中で一番だからな。お前達、このドレスはどうだ？　男に嫁がせるのだから、女に見極めさせるより、男に見極めさせるのが一番良いだろう」

彼らを連れてきたのは、レティシアの装いがアンバー王の好みに合うかを見極めさせるつもりだったらしい。

胸元を隠すショールをぎゅっと握り、レティシアは思わず俯《うつむ》いてしまう。ねっとりした視線に晒《さら》され、なんだか身を穢《けが》されていくような気がする。

「今でも素晴らしいのですが、その胸元を隠しているショールはどうかと。せっかくのネックレスも隠れてしまっておりますし」

「ああ、確かに。ゆったりと羽織るだけならまだしも、こうがっちりと隠されては色気にかけると申しますか……」

「なっ……！　なんてことを仰《おつしや》いますの⁉　着替えの場にお身内以外の殿方が入ることすら失礼だというのに、レティシア様になんて無礼な……！」

激昂《げつこう》するメイド達を黙らせたのは、アルマンの鋭い視線だった。アルマンは苛立った様子で『煩い、お前達はもう下がれ』と命じ、メイド達は半ば強引に部屋を出されてしまう。

一人にしないで欲しかったけれど、アルマンの命に背けばどんな罰を与えられるかわからない。今刃向ったことも罰を受けさせられないか心配だ。

「二人の言う通りだ。アンバー国王は魅惑的な女が好みだ。そのショールは取った方が良い」

「そ、それは……あの、当日にはそうさせていただくわ」

なんだか息苦しくて、小さな声しか出せない。

ショールを取っては口付けの痕に気付かれてしまうかもしれない。けれどそれ以上に、自分の大胆に開いた胸元を騎士兵達の前で晒け出すのは、なんとなく嫌だった。

「なんのためにわざわざ私がこんなところへ来たと思っている。お前がファントム国に恥をかかせないよう見極めにきたのではないか。今すぐに避けて見せよ」

「そうですね。俺達も是非お目にかかりたいものです」

「そんな……でも、む、胸元が開きすぎていて、少し下品に見えるのです……ですからショールは……」

ますますショールを強く握るレティシアを見て、アルマンは眉を顰《しか》め、眉間に深い皺《しわ》を刻んだ。

「お前は……いつもいつも、私に刃向うことしかできぬのか⁉」

苛立ったアルマンは、宝石がたっぷりと付いたステッキを地面に叩きつけた。

「……胸元が開きすぎている？　そんなものはお前が真面目過ぎるつまらない女だからそう思うだけだろう。エリザベスの屋敷では修道女のように慎《つつ》ましい生活を送っていたと聞いている。男遊びも知らぬのだろう？」

「お、お父様……何を仰《おっしゃ》って……」

「いや……男遊びを覚えれば、お前も政治などつまらぬ物に興味など持たなかったかもしれぬな。気付いてやれんかった私が愚かだった。すまなかったな、レティシア」

父の言っていることが理解できず、レティシアは菫色《すみれいろ》の瞳を丸くすることしかできない。

「詫《わ》びの印だ。ここにいる私の信頼している騎士兵から、男を教えて貰うと良い」

「な……っ……何を仰るの⁉　ご冗談はよしてください……！」

混乱しながらもからかわれているのだろうかと考えをめぐらせたが、その考えはアルマンや騎士兵の目付きで一掃された。

本気……なの⁉

「安心すると良い。アンバー国王は純潔に拘《こだわ》るようなつまらぬ男ではない。どちらかというとそちらに長《た》けていて熟した女の方が好みだ。二人にたっぷりと仕込んでもらうと良い」

騎士兵は唇を吊り上げ、じりじりとレティシアの元へ詰め寄る。

「い、嫌……来ないで……」

「レティシア様のお相手をさせていただけるなんて、光栄ですよ」

「さぁ、嫁がれる日までたっぷりと楽しみましょう。実は俺たち、前々からレティシア様と親密になりたいと思っていたんです」

そのようなことなら早く言えば、いくらでも相手させてやったというアルマンの言葉を聞き、レティシアは卒倒しそうになる。

「お父様！」

「傷さえつけなければ、多少乱暴なことをしても構わん。聞き分けのない娘には、躾《しつけ》を施さなければならないからな」

アルマンは濁った瞳を細め、まるで観劇を眺めているかのように笑う。

そんな……！

「嫌……来ないで……だ、誰か……きゃあ……！」

窓際に追い詰められたレティシアは床に組み敷かれ、胸元を隠していたショールをはぎとられた。露《あら》わになった白い胸元を見た騎士兵は、ニヤリと下卑た笑いを浮かべる。

「こんなにも素晴らしい胸をしているのに、誰も触れさせたことがないとは勿体ない」

「たっぷり楽しませて差し上げますからね」

「……っ……触らないで！」

胸元に伸びてきた手を思い切り払うと、もう一人に手首を押さえつけられた。

「ひっ……」

腕に触れられた瞬間鳥肌が立ち、レティシアは男達を睨みつけながらも震えあがる。

「後でちゃんと替われよ？」

「わかっている。いいから、しっかり押さえておけ」

「や……止めて……っ……離して……っ！　あ、貴方達、自分が何をしているかわかっているの……!?」

「ええ、もちろん存じておりますよ。俺達はアルマン様の命により、姫様をより魅力的なレディに成長させるお手伝いをさせていただこうとしています」

女性のレティシアが、身体を鍛え上げている男性の力になど敵《かな》うはずがない。身じろぎをしても拘束からは逃れられず、騎士兵の粗野な手で、胸を鷲掴《わしづか》みにされた。

「い、嫌……っ……！　嫌……嫌……っ！　触らないで……っ！」

怖い……！

恐怖のあまり瞳からは涙が溢れ、嫌悪感で吐き気が込み上げてきた。

「大きくていやらしい胸だ。だが、コルセットの上からだと、感触がいまいちだな。ん？　なんだ、これは……口付けの痕……？」

ついに気付かれてしまった。サミュエルに口付けられた場所を指先で触れられ、レティシアは兵を蹴り上げてやろうという勢いで足をばたばた激しく動かす。

「いやぁっ！」

するとアルマンが近付いてきて、拾い上げたステッキの先で痕をなぞる。

「頑《かたく》なに胸元を隠していたのはそのためか……。お前のような頭の硬い娘が、男遊びを覚えていたとは驚いた」

「男……遊び……なんて、していません……！」

そんな言い方をしないで欲しい。これはサミュエルが愛を持って付けてくれた痕だ。誰にも触れられたくない。身じろぎするとステッキの先で痕をぐっと押され、レティシアは痛みに顔を歪める。

「……っ――！」

「まぁ、いい。私の政治に口を出すぐらい身体を持て余していたのは事実なのだからな。お前達、相手してやれ」

孕《はら》ませると傷物になるから中では出すなと付け加えられ、実の父親とは思えない発言にレティシアは耳を疑い、恐怖に喉を引きつらせた。

「嫌……っ……！　離して……！　誰か……誰か助けて……っ……！」

『他の男の元へ嫁ぐという意味がわかっているのでしょうか。……私ではない、他の男に抱かれるということですよ？』

『……子供じゃないんだもの。ちゃんとわかって……いるわ。か、覚悟……してる……』

サミュエルとの会話を思い出し、レティシアは瞳から大粒の涙を零す。

覚悟しているなんて、笑ってしまうわ。サミュエル以外の男性なんて、到底受け入れられるはずがない。

「いくら叫んでも無駄ですよ。アルマン様が人払いをしていらっしゃいますから」

「さぁ、お互い楽しみましょう」

ドレスに手をかけられレティシアが絶望に突き落とされそうになったその時——扉が激しい音を立て開いた。

「下がれ。今はここへ立ち入るなと命じたはずだ」

誰……？

押し倒されているせいで、レティシアからは誰が入ってきたのかは見えない。

誰かが助けに来てくれたのだろうか。それとも自分に乱暴する誰かが入ってきたのだろうか
——恐怖に震えあがっているとなぜか騎士兵が焦りだし、レティシアの腕の拘束を解く。

「レティシア！　私が良いと言うまで耳を塞ぎ、目を瞑《つぶ》ってください」

それは確かにサミュエルの声だった。

「え……!?　サミュ……」

「早く！」

急《せ》かされたレティシアは狼狽《ろうばい》しながらも身体を小さく丸め、彼の言う通り自由になった両手で耳を塞ぎ、目をぎゅっと瞑る。

視界は遮られたけれど、耳は隙間なく塞いでいてもわずかな音が入り込んでくる。激しい金属音に悲鳴のような声——。

何が起こっているか知りたくて、レティシアはサミュエルの言いつけを破ってしまう。

「ぐ……ぁ……!?」

身体を起こして恐る恐る目を見開き、耳を押さえる手を下ろしたその瞬間——菫色の瞳に、驚愕の光景が飛び込んできた。

う……そ……。

先ほどまでレティシアを襲っていた騎士兵は血だまりのなか絶命し、父アルマンの心臓はサミュエルの握った剣に貫かれていたのだ。

サミュエルはアルマンの心臓を貫いた剣を勢いよく引き抜き、剣に付いた血を床に払う。アルマンは目を見開いたまま床に崩れ落ち、絨毯に血だまりが広がっていく。

な……に……？

混乱のあまりレティシアは何も言葉を紡げず、ただその光景をぼんやりと眺めることしかできない。

いったい、なにが……おきたの……？

外が妙に騒がしくなっていることにも、レティシアは気付けない。ただ肉の塊となった騎士兵やアルマンの姿から目が離せなかった。

「……目を開いてしまったのですね」

サミュエルの声にびくりと身体を揺らし、レティシアはようやく視線を動かすことができた。月の光を紡いだような銀髪は返り血に濡れ、青い瞳は辛そうにレティシアを見つめている。

「申し訳ありません……」

レティシアが言葉を紡げずにいると、慌ただしい足音が近づいてきた。

「クレイグ兄上！　ご無事ですか⁉」

「クルトか。問題ない」

部屋に入ってきたのは短く整えた黒髪に、サミュエルと同じ青い瞳を持つ青年だった。彼はファントム城のガーデナーで、庭を散歩していた時に何度か挨拶を交わしたことがある。けれど彼の名は『クルト』ではなかったはずだ。それにサミュエルのことをなぜ『クレイグ』と呼ぶのだろう。彼の手にもサミュエル同様、剣が握られている。

その時、レティシアは初めて城のあちらこちらから金属と金属がぶつかり合う音や、悲鳴が聞こえてきていることに気付く。

「これは、一体……」

するとまた慌ただしい足音が近づいてくるのがわかった。次に入って来たのは兵士で、すぐに血で汚れた手袋を脱いでいたサミュエルの前へ跪《ひざまず》く。

「クレイグ王子、城の鎮圧がほぼ終了致しました」

「ああ、ご苦労」

「レティシア様の身柄はいかがなさいましょう。他の王族や側室達は拘束しましたが……」

クレイグ王子って、誰……？　目の前にいるのはサミュエルよ……。どうしてサミュエルが返事をするの？　どうして跪くの？

混乱のあまり事態を把握することが全くできない。ふと視線を落とすと、事切れた父の濁った瞳と目が合い、背筋に悪寒が走る。

何？　どうなっているの？

わからない…わからないわ！

サミュエルの方へ向かおうと立ちあがった瞬間——視界が歪《ゆが》んだ。どちらが天井で、どちらが床なのかわからなくなり、レティシアはそのまま倒れてしまった。

◆◇◆

がたごと、がたごと……。

どうしてだろう、身体が揺れる。

「ん……」

蜂蜜色のまつ毛を震わせ、レティシアはそっと瞳を開く。すると青い双眸《そうぼう》に見下ろされていた。

「目が覚めましたか？」

「サミュ……エル……？　ここは、どこ？」

どうやらサミュエルの膝を枕にして眠っていたらしい。よろよろと身体を起こすと、そこは馬車の中だった。

私、どうして馬車に……？

思い出そうとすると、頭が酷く痛む。思わず押さえようとしたら、手首が赤くなっていることに気付く。

どうしたのかしら…この痕……。

ふと視線を落とすと、いつもは決して着ることのない豪奢《ごうしゃ》なドレスに身を包んでいた。

この衣装にこの痕は……そうだわ。私、さっき騎士兵に襲われそうになって……それから、サミュエルがお父様を……。

一気に記憶が蘇《よみがえ》り、レティシアは真っ青になる。

「サミュエル……教えて……一体、どうなっているの？　お願い。説明して……？」

レティシアは震えながらも、サミュエルを真っ直ぐに見つめた。

「……申し訳ありませんでした」

「え……？」

「貴女《あなた》の目の前で、貴女の父上を殺してしまいました」

レティシアは言葉を紡ぐことができず、口を噤《つぐ》んだ。父親を殺されたというのに、サミュエルへの気持ちは少しも揺らいでいない。

――お父様の悪政を止めるには、もう……これしかなかったのだわ。

レティシアは悲しみよりも、これで国民達を救えると、安堵《あんど》の気持ちの方が大きかったのだ。

なんて娘なのだろう。

お父様、ごめんなさい……。

レティシアは自分の中に生まれた黒い気持ちに戸惑い、苦しんだ。

「……レティシア、まず私は貴女に嘘《うそ》を吐いていたことを謝らなければなりません」

サミュエルは苦しそうな表情をしながら、口を開く。

「嘘……？」

「私の本当の名前は、サミュエル・バシュレではなく、クレイグ・アルトドルファーと申します。ファントム国の出身と申しておりましたが、実際はファントム国と敵対関係にあるプレナイト国の第一王子です」

クレイグ王子――。

意識を失う寸前に聞いたのは、レティシアの聞き違いではなかった。

「そん、な……」

「三年ほど前から、ファントム国は我が国を乗っ取ろうと、たびたび戦争を仕掛けてくるようになりました」

何度追い払っても、戦争を仕掛けられることの繰り返し……プレナイト国はまだ侵略を受けておらず無事とはいえ、一名も死者が出ていないわけではない。兵の尊い犠牲があってこそ、プレナイト国の平和が保たれている……だがそんな事態が一年以上続いて、これ以上黙っていてはまた戦争を仕掛けられるだろうと悟った。

そこでプレナイト国は、ある決断をした。それはクレイグ他、腕や頭の立つ数名をファントム城へ使用人として潜り込ませ内情を調べ、隙を見て鎮圧すること――。ガーデナーのクルトはクレイグの弟で、第二王子だったらしい。

アルマンの悪政に苦しむ国民達を傷付けないよう、戦争を避けようとした苦肉の策だったそうだ。

そのため鎮圧に三年もの歳月を費やしてしまったが、クレイグが執事サミュエルとして築き上げてきた信頼はとても厚く、同時にアルマンの独裁的な扱いに心身ともほとほと疲れていた使用人達は一切抵抗を見せることはなかった。アルマンに付き従っていた貴族達は命乞いをするのに必死だったため、死者はクレイグが手にかけたアルマン、騎士兵二名の計三名だけに留《とど》めることができた。

ファントム国はプレナイト国が選んだ新たな王と重臣達を置き、まっとうな国として再生を図ることになるらしい。国民達への過度な税率も正しく改められ、プレナイト国が支え、国民が健康的な生活ができるまでは補助金を出すことがすでに決定しているそうだ。全てが落ち着くまでは第二王子であるクルトが城へ身を置き、全体の指揮をまとめることになる。

「……っ……」

サミュエルが、プレナイト国の王子……？

頭の中が真っ白になって、自分の激しく高鳴る心音がとても大きく聞こえる。

じゃあ、どうして私に好きだと言ったの……？　どうして私を抱いたの……？

レティシアはクレイグにとっては敵国の姫だ。憎まれる要素はあっても、好きになる要素なんてどこにもない。

混乱する頭の中で、一つの可能性だけが色濃く見えた。

憎い敵国の姫……悪王と正妃のただ一人の娘であるレティシアは、彼にとっては憎しみの象徴だったのではないだろうか。

三年間も身分や名を偽って敵国の王に仕えていたのだ。クレイグは心身ともに多大なる疲弊を感じていたのは間違いない。好きになる相手としては不足でも、鬱憤を晴らす相手としては、レティシアは格好の的だったはずだ。

レティシアの意思を無視して襲い掛かるのでは、彼女が誰かに話せば自分の身が危なくなる。

けれど合意の上なら多少の危険は回避できる。

考え過ぎだろうか。いや、でもそうとしか思えない。だって本当に好きなら、自分の正体を打ち明けてくれても良いはずだ。

彼の囁いてくれた愛や、優しい指先を思い出すと胸が潰されたみたいに苦しくなって、ついには涙があふれてしまう。

そんな……。

レティシアは涙に濡れた目を覆い隠し、唇を噛《か》む。

あの優しさが……あの温もりが、全部偽りだったなんて……。

「レティシア、大丈夫ですか？」

肩に手を置かれるのがわかり、レティシアはすぐに払いのけて彼から距離を空けた。

「……っ……触《さわ》らないで……！」

「レティシ……」

感情が昂《たかぶ》ったレティシアは、クレイグの声を遮って責め立てる。

「酷いわ……貴方《あなた》なんて……っ……貴方なんて、大嫌いよ……！」

クレイグは国を救ってくれた恩人だ。姫としての立場なら、お礼を言わなければいけないだろう。だけど理性が利かないほど感情が揺さぶられて、涙も罵倒する言葉も止まらない。

「レティシア、嫌われても仕方がないと思っています。しかし、私は……」

「止めて……っ……貴方の言葉なんて、聞きたくない……酷いわ……っ！　嘘吐《うそつ》き……！　大嫌い！　……っ⁉」

感情を昂らせて大声を出したせいだろうか、くらくらして天と地がひっくり返ったように感じ、頭の中が熱湯を注ぎこまれたように熱くて、鈍く痛む。

「レティシア……！」

目の前にあったクレイグの顔がぼやけて良く見えない。気が付けば彼にもたれ掛っていて、慌てて離れようとしたところで、レティシアはまた意識を失ってしまった。

第五章　むしられた羽根

レティシアが目を覚ましたのは、それから三日後のことだった。過労や心労が重なり、発熱したらしい。

クレイグがプレナイト国の王子だとわかってから、馬車の行き先がプレナイト国だということは悟っていた。実際にレティシアが居るのは、プレナイト城だった。

憎しみの象徴である悪王の娘、レティシアは、良くて永遠の幽閉、最悪の場合は処刑されるのだろうと思っていた。けれど彼女が目を覚ましたのは牢《ろう》ではなく、日当りの良いとても広い部屋だった。内装や調度品はアイボリーやピンク色で女性らしくまとめられ、レティシアが横になっていたのは大きな天蓋付きのベッドだ。

一体どうなっているのだろう。

驚愕していると医師がやってきて、手厚い診察をしてくれた。ほとんど食べられなかったけれど胃に優しい食事を与えられ、メイド達が汗を流したいだろうと入浴を手伝ってくれた上に、ハーブオイルを使ったマッサージまで施された。

着替えは煌《きら》びやかでいて品の良い美しいドレスに合わせ、装飾品まで揃《そろ》えられている。敗戦国の姫……いや、捕虜には行き過ぎたもてなしだ。レティシアは狼狽しながらも、メイド達の勢いに圧倒されてあっという間に磨き上げられた。

愛らしいパステルピンク色のドレスはパニエで膨らまされ、動くたびふわふわ妖精の羽のようになびく。袖口や裾にはたっぷりのフリルや繊細なレースが縫い付けられて可愛《かわい》らしいデザインだ。

首筋や耳朶《みみたぶ》――腕は、クレイグの綺麗な瞳と同じ色のサファイアのアクセサリーで飾られ、豊かな蜂蜜色の髪はふんわりと巻いて、リボンと真珠で出来たヘッドアクセサリーで美しく彩られている。彼に付けられた口付けの痕はドレスでちゃんと隠れたけれど、着替える時に見えた時には胸が痛くなった。

「まぁ！　なんて美しいのかしら」

「素敵ですわ。レティシア様」

「あ、ありがとう……」

狼狽するレティシアは、メイド達になぜか羨望の眼差しで見つめられてしまう。

捕虜として連れて来られたはずなのに、どうしてこんなにも飾り付けられるのだろう。誰かと間違えられているのではないだろうかと思ったが、彼女達はちゃんとレティシアを『レティシア様』と呼んでくれるので間違いではないらしい。

この国では、捕虜を手厚く迎える習慣でもあるのだろうか。

「あの、私の妹や弟達は、どこにいるのかしら……」

尋ねると、メイド達が気まずそうに口を噤《つぐ》む。すると慌てたようなノックの音と同時に、クレイグが入って来た。

「レティシアが目覚めたというのは、本当ですか⁉」

目の前に現れたクレイグは、当然のことながら燕尾服《えんびふく》ではなく、豪奢な衣装に身を包んでいた。緩く巻いたクラヴァットには瞳の色と同じサファイアのブローチが飾られ、金糸の刺繍《ししゅう》が施されたダークグレーのジャケットは、彼の美しく均整の取れた肢体を引き立てるようにすらりとしたデザインだ。

「サミュ……クレイグ王子……」

ああ、やはり彼はサミュエルではなく、クレイグ王子なのだ。

レティシアは現実から背くように、クレイグから視線を逸らす。彼の愛が真実だと信じていた頃に戻って、そのまま時が止まれば良いと、途方もないことを願ってしまう。

何を考えているの？　私……いい加減現実を見ないと。

「もう起き上がっていいのですか？　具合は……いや、大事を取ってもう少し横になっていた方が……」

「お気遣いありがとうございます。ですが、もう大丈夫です。ご迷惑をおかけしました」

今までの言葉遣いを改め、レティシアは深く頭を下げた。

ああ、頭を下げたら……涙がこぼれてしまいそう。

昨日まであんなにも近く感じていたのに、今では誰よりも遠く感じて胸が痛い。まるで割れた硝子《がらす》でぐさぐさと刺されているみたいだ。

メイド達は軽く一礼すると、すぐに部屋から出て行く。気を使って二人きりにしてくれたようだけれど、レティシアにとっては気まずく辛い状況だ。

「……嫌われているのは重々承知していますが、今まで通りに話していただけませんか？」

なぜかとても切なそうな声音だった。今まで通りということは、敬語は嫌と言うことだろうか。

「……貴方だって、敬語ではないですか」

「いえ、実を言うと、私は元よりこの口調なのです」

聞けばクレイグは幼い頃、敬語を使うのがとても苦手な子供だったらしい。

苦手を克服するために四六時中敬語を使う努力をしているうちに、いつの間にか敬語以外の言葉遣いに違和感を覚えるようになってしまい、今では敬語を話すのが一番自然体でいられるそうだ。

「そうだったの。貴方は幼い頃から真面目だったのね」

「レティシアほどではございませんよ。ありがとうございます、また普通に話して頂けて嬉《うれ》しいです」

思わず視線を合わせて口元を綻ばせると、微笑み返されて、また慌てて目を逸らす。

「……あ、貴方がそうして欲しいって言ったんじゃない。私には従うしか道がないだけだわ。……あの、私のきょうだい達やお父様の側室達もこの城にいるの？」

皆、捕虜の身でありながらこんなにも手厚くもてなされているのだろうか。これがプレナイト国のやり方であったとしても行き過ぎている。これではファントム国で贅沢《ぜいたく》をしていた時となんら変わりがない。

「いえ、貴女以外は皆、ファントム国外にある離宮にて監視を付けられ、一生涯幽閉されることが決まっています。これからは、今までとは比べ物にならないほどの慎《つつ》ましい生活になるでしょう」

悪王と正妻との子であるレティシアは、他の者よりも更に処分が重いのだろうか。本来ならきょうだい達も処刑されてもおかしくなかった。彼らが幽閉ということは、レティシアは処刑になるのだろうか。

この行き過ぎたもてなしは、現世に未練を残さないために……と言ったところだろうか。

「……そう、私の処分はいつ決まるの？」

「貴女に処分などありません。貴女は私の妻になるのですから」

つ、ま……妻⁉

聞き間違いとしか思えないほどの発言に、レティシアは目を丸くする。

「大嫌いな私の妻にされるのですから、貴女にとっては処刑よりも辛いかもしれませんね。ですが私は逃すつもりはありません」

やはり『妻』と言われた。レティシアは怒りに震え、クレイグを睨む。

処分がないなんて、有り得ない。レティシアを怖がらせないよう安心でもさせたつもりなのだろうか。

「よりによって、そんな冗談で誤魔化《ごまか》すなんて酷いわ……！　……っ……もう、貴方の顔なんて見たくない……大嫌いよ……っ　出て行って！」

嘘だ。大嫌いになれたら、どんなに良いことだろう。

レティシアの心の中は、クレイグへの気持ちで溢れかえっていた。レティシアにしてくれた優しさの数々が偽りだったとしても、辛い日々を耐えることができたのは彼がくれた温かい気持ちのおかげだ。

嘘でも好きだと言ってくれて、嬉しかった。さっきも心配してくれて、本当に嬉しかった。

恋から大きな愛に発展したこの感情を、早々に切り替えるなんてできない。

「レティシア……」

「大嫌い……っ……」

口にすることで嫌いになれたら、どんなに良いだろう。溢《あふ》れた涙を拭っていると、クレイグに抱きしめられ、無理矢理《むりやり》唇を奪われた。

「ん……うっ……！」

肉厚な舌に口内《こうない》を隅々まで貪られ、心と身体が同時に震える。心は複雑な感情に揺れ、身体は完全に悦んでいた。

その証拠に花びらの間が、溢れかえった蜜でねっとりと潤んでいる。

「……っ……や……！　こんなこと……もう、よして……っ！」

「嫌いでも構いません。貴女《あなた》は私の物です」

削り取られそうだった理性を呼び起こし、レティシアはクレイグの腕の中から抜け出して、よろよろと窓の方へ逃げた。

「窓から逃げようとしても無駄ですよ」

この部屋はかなり高層にあるようだ。窓に手を突いて外を見下ろすと、地面がとても遠い。窓から逃げ出すことはクレイグの言う通り、不可能――いや、レティシアが逃げられる場所なんて、もうどこにもない。

これ以上口付けをされないようにクレイグへ背を向けると、後ろからドレスの中に手を入れられ、双丘をしっとりと撫でられた。

「ぁ……っ……い、嫌……っ……止めて……」

大きな手に撫でられるたび肌が粟立って、お腹《なか》の奥が疼く。彼に散々擦り付けられた膣道から蜜がどんどん溢《あふ》れ出《だ》し、太腿《ふともも》までとろりと垂れる。

空いている手が秘部に伸びてきて、長い指が花びらの間に潜り込む。触れた瞬間くちゅ、と水音が聞こえ、レティシアは頬《ほお》を燃え上がらせた。

「……心は嫌いでも、身体は好いてくださっているようですね。指がふやけてしまうのではないかと思うほど、びしょ濡れです」

後ろから耳元で囁《ささや》かれると、肌がぞくぞく粟立《あわだ》つ。

「や……触らないで……っ……！」

もうファントム国は攻め落とした。彼の目的は達成されたはずだ。自国へ帰って来られても、まだ心の鬱憤を晴らし切れていないのだろうか。

「濡らすのを止めていただけるのなら我慢します。濡れないまま触れては、怪我《けが》をさせてしまいますから」

触れられているのに蜜を生むなというのは、不可能だ。レティシアの身体はクレイグに散々慣らされて、彼の刺激を思い出すだけでも濡れてしまうくらいなのだから。

蜜を絡めた指の腹で花芽をぬるぬる擦りたてられると、大量の蜜がまた溢《あふ》れ出《だ》す。

「……や……ぁっ……だめ……っ……あっ……あぁン……ん……くっ……んんぅ……っ」

首を左右に振っても、愉悦を振り切ることはできない。クレイグは刺激に耐えるレティシアのドレスを片手で器用に乱し、コルセットを緩めて上半身を露《あら》わにした。

秘部からの刺激で胸の頂はすでに尖り、色づいている。慌てて隠そうとしても、もう遅い。クレイグの大きな手は、柔らかな胸の形を変えていた。

揉まれるたびに尖《とが》った乳首が手の平に擦れて、レティシアはびくびく身体を震わせる。

「この可愛らしい乳首もこんなに硬くなるほど、私を好きだと言ってくださっているのに……」

「ち、違……わ、私は……っ……やぁ……！　あっ……だ、だめっ……」

硬くなった乳首を指の腹でこねくり回され、快感に涙が滲《にじ》む。

「んぅっ……どうして……こんなこと……するの……!?」

「貴女が好きだからに決まっています」

喘《あえ》ぎ混じりに訴えると膣口に大きく硬いモノを宛てがわれ、身体がぎくりと引きつる。見なくてもわかった。これは彼の欲望だ。

「や……っ」

心臓が大きく脈打ち、膣内が彼を待ち望んでいるかのように収縮を繰り返し、とろりと蜜を垂らす。

「身分や名は偽っていました……ですが、貴女への気持ちは一度も偽ったことなどありません」

「嫌……っ……止めて……っ……もう、これ以上私をからかわないで……っ」

悔しい……嘘《うそ》だとわかっていても、嬉しくて胸が苦しいなんて……。

「からかってなどいません。私は本心で貴女を……」

「信じたら、また嘘だったって言うのでしょう……？　もうその手には乗らないわ……っ……大嫌いよ……。貴方なんか、もう二度と好きになんてならな……っ」

言い終わる前に彼の欲望を突き入れられ、奥までみっちりと埋められた。

「きゃ……っ……ああっ……！」

膣内から全身に衝撃が走る。初めてを奪われた時とは、まるで感覚が違った。身体を押し開かれるという違和感はあったけれど、痛みは全くない。

けれど勝手に腰を振りたくってしまいそうになるほどの愉悦が、身体や頭をいっぱいにしていく。

何……？　私の身体、どうなってしまったの？

「……好きになってもらえるよう、努力します……ですが、好きになってもらえなくても……このまま嫌われたままでも、貴女を諦めるなんて考えられない……」

「や……ぁっ……ぬ、抜いて……クレイグ王子……っ」

「痛みますか？」

「い、痛いとか……そういう問題じゃないわ……は、早く……抜いて……っ」

「……ということは、痛まないようですね……」

震えながら懇願しても、クレイグは引き抜くどころか腰を使い始める。

灼熱の杭に蜜襞を擦り付けられると、頭が真っ白になりそうなほどの快感に翻弄され、足ががくがく震えた。

「ひっ……い、嫌……っ……クレイグ……王子……っ！　止めて……っあ……んんっ……！」

「クレイグ……と呼んでください。以前私を、サミュエルと呼んでくれたように……」

「こんなっ……こんな酷《ひど》いことをしておいて……自分の希望が通ると思っているの……っ⁉　最低よ……っ！」

これでは捕虜どころではなく、欲望をぶつけられる性奴隷だ。好きな人からこんな仕打ちを受けるなんてあんまりすぎる。

「酷い……酷いわ……！」

「……ええ、私は最低です。貴女に酷いことばかりしているとわかっています……」

「ん……ぅっ……開き直らないで……っ」

酷いことをされているのに、どうしてだろう。身体は好きな人に貫かれる悦《よろこ》びに打ち震え、もっと欲しいとおねだりするように、熱い欲望をぎゅうぎゅうに締め付けてしまう。

「でも、止められない。嫌われていると思えば思うほど……焦って……貴女の身体だけでも自分の物にしておきたいと……願ってしまう」

「はぁ……っ……んぅっ……ひ、酷いわ……嘘吐《うそつ》き……っ……嘘吐きは……っ……嫌いよ……

っ……大嫌いっ！」

嘘を言っているのは自分だ。どんなことをされても、クレイグを嫌いになることができない。偽りを囁かれているとわかっていても、嬉しくてすがりついてしまいたかった。

切なくて、気持ち良くて、でも苦しい……辛くて堪《たま》らない。

「……っ……はぁ……なんだか初めてを奪った時……以上……に……締め付けが……よくなっている気がします……ね……？」

痛みがないとわかったからか、クレイグの腰遣いが激しくなっていく。灼熱の杭に擦られた幾千もの蜜襞が快感をひたすら貪り、唇から嬌声が零れた。

打ちつけられると共に声が跳ね上がってしまう。耳を塞ぎたくなるほどの甘い声が恥ずかしくて、唇を噛んでも止まらない。

強弱を付けながらお腹側をごつごつ突かれると、息が止まりそうなほどの快感が走る。

「や……ぅっ……ン……ぅ……は、激しく……っ……しないでぇ……お、おかしくなっちゃ……ぅっ……ふ、ぁ……っ」

肉棒に掻き混ぜられ、蜜や先走りが混じった卑猥《ひわい》な液体がぽたぽたと落ち、絨毯にいやらしい滲《し》みを作っていく。

「……貴女とは、もっと別の出会い方をしたかった……そうしたら……貴女に嫌われず……に……傷付けずに済んだかもしれないのに……」

激しい快感に朦朧としているレティシアは、クレイグが話していることはわかっていても、内容までは理解できない。

気持ち良くなってはいけないのに、好きな人から与えられる刺激に呑み込まれ、翻弄されてしまう――。

「んぅっ……はぁ……も、……だ、だめ……っ……変になっちゃ……ぅ……」

内容は理解できなかったけれど、クレイグが切なげな声を出していることだけはわかった。

また高みへ押し上げられたレティシアの蜜襞はふっくらと膨らみ、うねりながら雄芯をぎゅぅっと締め付ける。

「……っ……レティシア……出しますよ……」

だ……す？　何を……出すの……？

ぼんやりした頭でも、短い言葉は理解できる。けれど理解するまで時間がかかって、言葉をようやく噛み砕くことができたのは、彼の欲望が最奥で精を放った後だった。

「や……っ……クレイグ王子……！　な、中は……だめっ……！　出しちゃ駄目……っ……ぁっ……あぁぁ――っ！」

肉棒が大きく脈打った瞬間、レティシアもその刺激で絶頂へ押し上げられた。

欲望を一滴も残らないよう搾り取る様に蜜襞がぎゅうぎゅうと収縮を繰り返し、頭が真っ白になる。

とろけた身体には力が全く入らない。身体どころか、瞼《まぶた》にすら——。

「愛しています……レティシア……」

欲望を放っても硬さを保った雄芯を引き抜かれた瞬間——レティシアは膝から崩れ落ちた。

身体を奪って、なおかつ嘘を吐き続けるなんて酷過ぎる……。

非難したいのに、甘い刺激に痺《しび》れて言葉が紡げない。

クレイグはレティシアを抱きかかえると、そのままベッドに向かって組み敷いてきた。ベッドのスプリングで跳ね返り、胸がぷるんと揺れる。

「何を……きゃ……っ！」

足を大きく上げられ、秘部を露わにさせられた。ひくつく膣口からは、蜜と彼の白い欲望が溢れていた。

「いい眺めですね。貴女の可愛くて小さい穴から、私の精液が溢れていますよ」

「……っ……や……見ないで……」

身体をよじらせると、また膣口から注ぎ込まれた欲望が溢れ出すのがわかって、肌が粟立つ。

達したばかりの身体は、羞恥や流れ出す感触すら刺激に変えて、感じてしまう。

あまりに淫らで、顔を背けた瞬間——蓋をするようにみっちりと雄芯を埋められ、レティシアは背中を仰け反らせた。

「ひ、ぁ……っ……!?　や……っ……も、……ぅ……無理……っ……抜いて……っ」

雄芯は欲望を放ったばかりだというのに、もう信じられないほどに硬くなっている。抜こうと腰を引かせても、少しも抜けない。

「一度で終わらせるつもりはありません。貴女の身体が私を忘れられないほどに……こうして埋めていないとおかしくなってしまうぐらいに、教え込ませてもらいます」

「や……っ……そんなの嫌……っ……やぁ……っ……止めて……もう、あっ……あぁ……っ」

今でもクレイグから離れることを考えるなんて不可能なぐらい、彼のことで頭がいっぱいなのに、これ以上なんて無理だ。

涙を流しながら懇願しても、クレイグは止めてくれない。激しい抽挿を繰り返されると、小さな蜜口からぐっぷぐっぷと淫らな液が溢れる。

――その日を境にクレイグは毎日のように部屋を訪れるようになり、レティシアの身体を激しく求めるようになったのだった。

◆◇◆

『これだけの人数がいるのに、どうしてお父様の間違いを正そうとしないの……!?』

『間違い？　ご冗談を……私はアルマン様が正しいと思っていますもの』

『ええ、私もですわ。アルマン様は私達や子供達に豊かな暮らしを与えてくださる最高のお方ですもの。間違いをおかしているはずがございませんわ』

『お言葉ですが、間違っていらっしゃるのはご自分ではなくて?』

その場に居た全員の批判を受け、菫色《すみれいろ》の瞳を揺らしたのはほんの一瞬のこと。

『私は間違ってなどおりません。間違っているのは、お父様です』

彼女は背筋を伸ばし、凛とした態度で答えた。

誰よりも質素な装いをしている少女は、誰よりも美しく、誰よりも輝いて見える。

――敵国で心を奪われる女性に出会うなんて……こんなにも心を燃え上がらせることになるなんて、夢にも思わなかった。


「ん……」

ああ、懐かしい夢だ……。

真夜中の政務室――クレイグはかすかに扉をノックされた音に気付き、うたた寝から目を覚ます。

三年ぶりに入った政務室は塵一つ落ちていない代わりに、クレイグでなければいけない政務で山積みになっていた。それに加えてファントム国の報告書作りもしなくてはいけなく、連日徹夜で処理を続けている。目頭を指で押さえると、また落ちそうになる瞼もわずかに引っ張られ、少しだけ目が覚めた気がした。

「どうぞ」

「失礼致します。クレイグ王子、少しご休憩を取られてはいかがですか？」

開いた扉から顔を出したのは、いつまでも明かりの消えない政務室を心配したメイド長フローラだった。

「いえ、たった今仮眠を取ったので結構です。それよりも、何か目の覚めるような飲み物を持ってきていただけますか？」

「かしこまりました。すぐにお持ち致します」

運ばれてきたミントティーを口にすると、靄のかかっていた頭が幾分かすっきりする。

「クレイグ王子、あまりご無理をされてはお身体を壊してしまいます。やはり少しお休みになった方が……」

「お気遣いありがとうございます。ですが、早く政務を終わらせてしまいたいので」

クレイグの羽ペンは大量の書き物をこなしても指が痛くならない様、レティシアにそうしたように補強してある。昔は不格好だと思っていたが、今はレティシアとお揃いだということで、この不格好さがなかなか愛おしく感じていた。

「ふふ、そうですわね。早く政務を終わらせなければ、レティシア様の元へ行くことができませんものね」

くすっと笑われ、クレイグは苦笑いを浮かべる。

やっと手に入れることができたレティシア――彼女を母国へ連れ帰ったのは、勿論、捕虜にするためなどではなく、自分の妻にするためだ。密偵を使って定期的に送っている王への報告書で、レティシアがアルマンの悪政を止めようとどれほど努力しているかは報告済みだった。王はとても感心し、アルマンと血の繋がりがあるとはいえ、レティシアを無罪にすることはすでに決まっていた。

しかし、レティシアを妻に迎えたいと申し出た時には、激しい反対を受けた。けれどクレイグが根気強い説得を続けたことや、レティシアの真っ直ぐな行いに心を打たれて、先日、ついに許可を出してくれたのだ。

許可などなくても、強行突破するつもりだったのだが、愛するレティシアとの結婚には少しのけちも付いて欲しくなかったので嬉しい。

『レティシア様、何も心配する必要はございません。私が必ずお守りします』

レティシアが二人の行く末を考え、不安そうにしている時にかけていた言葉は、彼女を安心させるためのその場しのぎのものではなく、確信に基づいてのものだった。

彼女を不安にさせたままでいるのは心苦しかったが、もしもの場合を考え、いくらレティシアでも手の内を明かすわけにはいかなかった。

彼女が作戦を誰かに口外してしまうのではないかということを警戒したわけではない。万が

一、作戦を達成することができずに自分が命を落とした場合、作戦を知っていたレティシアの身が危うくなるからだ。
そして何度も何度も伝えたくなる衝動を抑え、ついに作戦決行の日を迎えた。

悪王であるアルマンは、すでに三年前から処刑することが決定していたが、レティシアの前で命を奪う必要などなかった。しかし激しい憎悪の感情が溢れ、止まらなくなってしまった。

アルマンがレティシアの頬《ほお》を叩いた瞬間――もうすぐ殺してやりたいほどの憎しみに駆られた。しかしここで気持ちを爆発させれば、全てが台無しになる。彼女を救えなくなってしまう。そう思い奥歯を噛みしめ我慢したが、レティシアが襲われかけている姿を見ては、感情を止めることなどできなかった。

『レティシア！　私が良いと言うまで耳を塞ぎ、目を瞑《つぶ》ってください』

いくらレティシアが素直な性格だとはいえ、あの混乱の中従ってくれるわけがない。そのことに気付いたのは、涙に濡れた菫色の瞳が開いているのを見た時のこと……。

いくら悪王とはいえ、父親を目の前で殺されたのだ。憎まれて当然だ。けれど彼女を諦めることなんてできない。

憎まれたとしても、私はレティシアを妻にする――。

辛い思いをさせたくない。誰よりも幸せにしたいと願っていたのに、いつの間にか自分勝手な願いを抱いていたことに苦笑した。クレイグは気絶したレティシアを抱き上げると、躊躇《ためら》うことなく自国へ向かう馬車へ乗りこんだのだ。

『酷いわ……貴方《あなた》なんて……っ……貴方なんて、大嫌いよ……！』

レティシアの言葉を思い出し、クレイグは銀色のまつ毛を伏せた。

父親を目の前で殺しただけでなく、彼女の気持ちを無視して毎日抱いているのだから、本当に最低な男だ。好きになってもらうよう努力すると言っておきながら、嫌われて当然のことをしている。

早く彼女に好かれたい。早く彼女の笑顔が見たい。嫌いだと言われると気持ちばかりが焦って彼女を抱いてしまう。

……本当に最低だ。これでは盛りのついた犬と変わりない。

レティシアは今頃何をしているだろう。いや、もう深夜だ。眠っているだろうか……。

「もしもーし、クレイグったら聞こえてる？　レティシア様に早く会いたいのはわかるけど、少し休んだ方が効率良いんじゃない？」

「いえ、結構です。眠っているわけではありませんよ。レティシアのことを思い出していただけですから。……あと、喋り方が崩れていますよ」

フローラはクレイグより二つ上の二十二歳で、元メイド長と現執事長の娘だ。幼い頃から城で育ち、王子達とは実のきょうだいのように育った。

彼女は実の姉のように信頼できる人間で、仕事の腕も確かだ。本来なら彼女はメイド達を統括するのが役目だが、今は特別に情緒が不安定なレティシアの身の回りの世話も任せ、逐一報告してもらっている。

「二人きりなんだし、いいじゃない。肩が凝っちゃうわよ。あ、それから惚気《のろけ》は結構よ。貴方も眠いかもしれないけど、私も眠いの。メイドの仕事は朝早くからあるんだからね。休むか、仕事するかどっちにするの？　ちゃっちゃと決めてよっ」

「寝ませんよ。……というか、貴女は相変わらずですね」

「あら、なぁに？　呆れたような目をしちゃって、いやぁね！　ほら、眠らないのなら、早く政務を済ませちゃいなさいな！」

立っていたら、ぴしゃりと尻を叩《たた》かれかねない勢いだ。

「わかっていますよ。……というか、好いた男性の前では、素を見せない方が良いですよ。逃げられてしまうこと間違いなしですから」

可憐な容姿とは裏腹に、彼女は驚くほど勝気で明るい性格をしていた。彼女の見た目に惹かれて言い寄る男は数多くいたが、また幻滅する男も多い。

「そんな器の小さい男、こっちから願い下げよっ！」

雑談を続けながら再び政務と向き合うと、部屋の扉をノックする音が聞こえた。

「……どうぞ」

このような時間に、追加の政務だろうか。

扉が開いた瞬間、政務室にはそぐわない甘やかな香りがふわりと広がる。

ブロンドに紫色の瞳を持った魅惑的な美女が、クレイグと目が合った瞬間、赤くぽってりとした唇をにっこりと綻ばせた。大きく巻いた眩《まばゆ》いブロンドはサイドに流してあり、ドレスは豊かな膨らみや細腰を強調させるようなデザインをしている。レティシアに酷似した髪色と瞳の色だが、与える印象は全く以って違う。

「会いたかったわ、クレイグ王子！　ずっと会いたくて……ああ、どうして私のところへ来てくださらなかったの？　私、寂しくて死んでしまいそうでしたのよ……？」

彼女の名はアデーレ。クレイグの父の親友であるアスマン公爵家の一人娘で、幼い頃から交流がある幼なじみのような間柄だ。レティシアとの結婚がなければ、父の意向で彼女との結婚が用意されていたかもしれない。

瞳を潤ませたアデーレがしなだれかかってきたが、クレイグはすぐに拒んで距離を置く。

「久しぶりですね。ご挨拶が遅れて申し訳ありません。ですが、三年も留守にしていたので、政務を片付けるので精一杯でした」

「でも一目お会いする時間くらい作れるはずですわ！　こんな夜中まで働きつめて……あ、そうだわ。明日は休憩をかねてうちの屋敷へ遊びにいらっしゃって？　そうよ。働きすぎは身体に毒だもの。ゆっくりディナーをいただきましょうよ」

アデーレはフローラを一瞥し、『気が利かないわね』と呟《つぶや》き、まるで虫を払うように持っていた扇を動かして退室を促す。

昔から高慢な性格だとは思っていたが、三年ぶりに会う彼女はますます高圧的になっている気がする。

彼女は小さい頃からクレイグと結婚したいと言って、会うたびにこうして懐いてきた。年頃になってからは更にわかりやすい態度を表していたが、高慢な性格が引っかかってとても受け入れる気にはなれない。アスマン公爵が父の親友でなければ、正直なところ縁を切りたい人物だ。

年頃になってからは男遊びを覚えたアデーレは、クレイグ一筋だという態度を取りながらも、夜な夜な不特定多数の男性と夜を共にしている。それはファントム国に居たクレイグの耳にも入ってきているほど有名な話で、知らないのは本人である彼女だけ……恐らく上手くやっているつもりらしい。

彼女がクレイグに固執しているのは恋をしているからではなく、第一王子という肩書きに惹かれているだけだろう。彼女は異常なほどに肩書きを気にし、自分の家柄に誇りを持っている。

「いえ、しばらく外出は無理です。まだ政務が残っているので、申し訳ありませんが、もうお帰りいただけますか？」

そんな時間があるのなら、とっくにレティシアの元へ向っていると言いたくなるのを抑え、目の前にある書類の確認を済ませ、判子を押していく。こうしてアデーレと話している時間すら勿体ない。一刻も早く政務を終わらせ、レティシアと過ごす時間を増やしたい。

プライドを傷つけられたアデーレはわなわなと怒りに震え、クレイグに扇を叩《たた》きつけた。

「何よ……っ！　敗戦国から連れてきた捕虜とは会う時間があって、私とは会う時間がないっていうの……⁉　ふざけないで！」

「レティシアは捕虜ではなく、妻にするために連れ帰ってきた大切な女性です。貴女よりも会う時間を作るのは当然です」

「……な……なんなのよ！　信じられない！」

クレイグにきっぱりと拒絶されたアデーレは、ソファに置いてあったクッションを全て投げつけると、ようやく出ていった。

床に落ちた扇やクッションを一瞥し、また書類に目線を戻して、判子を押していくことを明け方まで続ける。

早くレティシアに会いたい……。

第六章　鳥籠を飛び出して

レティシアがプレナイト国へ来てから、一週間が経とうとしていた。

「や……っ……クレイグ……っ……王子……止めて……んぅ……っ……はぁン……ぅっ……」

窓から燦々と日差しが差し込む中――レティシアはまたもやクレイグに身体を奪われていた。

ぐぢゅっ……ぢゅっ……ぐぢゅっ……。

整えたばかりのシーツはくしゃくしゃに乱れ、蜜壁を肉棒で擦りたてられるいやらしい音が部屋中に響く。

クレイグに組み敷かれたレティシアは、下の世話をしてもらう赤子のように足を無理矢理大きく広げられ、あられもない姿で欲望をぶつけられていた。

「……少し……痩せましたか？　あまり食が進んでいない……と聞いていますが、何か食べたい物はありませんか？　なんでも用意します」

腰回りに触れられ、レティシアはくすぐったさと後ろめたさで、びくびくと身体を揺らす。

「こ、腰……っ……触らないで……っ……く、くすぐったぃ……や、止めて……っ」

食事が喉を通らないなんて言えば迷惑をかけてしまうと思って、『クレイグと一緒に食べた』『お菓子を食べすぎて入りそうにない』と誤魔化して、申し訳ないと思いながらもかなり残していたのだけど、どうやら誤魔化せていなかったらしい。

「んんぅ……っ……クレイグ……王子っ……も……もう……止めてっ……」

「……まだ敬称なしに呼んではいただけないのですか?」

「……っ……もう、こんなことを止めてくれるのなら……呼ぶと約束……する……わ……」

数日で処分が決まるだろうと思っていたが、どうやら難航しているらしい。彼は毎日部屋を訪れ、昼夜を問わずレティシアを抱いていた。こうしていれば処分は下されず、妻になるなんて有り得ないことを信じると思っているのだろうか。

私はそんなに単純じゃないわ……。

そう心で呟きながらも、心は好きな人に求めて貰える喜びに、身体は好きな人に与えられる悦《よろこ》びに震えていた。

身体に触れるこの手が、少しでも乱暴なら心から嫌だと思えるのだろうか。彼の手は壊れかけた硝子《がらす》細工に触れているのかと思うほど優しいから、余計に胸が切ない。

「……わかりました……名残惜しくて涙が出そうなほどですが……止めます」

「あ……」

クレイグは抽挿を止めると、奥まで突きたてた欲望をゆっくりと引き抜こうとする。

「……っ……や……ぁっ……」

今までたっぷりと突かれていた最奥が疼いて、泣きたいぐらい切ない。燻《くすぶ》られて、炭になってしまいそうだ。

「腰が揺れていますよ？」

耳元で少しだけ意地悪に囁《ささや》かれると、肌が粟立《あわだ》つ。

「……し、知らないわ……っ……んぅ……はぁ……」

ああ、このままでは抜けてしまう。激しい喪失感に耐えられなくなり、菫色《すみれいろ》の瞳からは涙が零れていた。気が付けば身体が勝手に動いて、自分の中にクレイグの欲望を戻すように腰を押し付け、しかも彼にしがみ付いていた。

燻られて理性まで炭になったのだろうか。言葉とは裏腹な行動を取ってしまう。

「……やはり……身体だけは私を嫌いにならないでいてくださっているようですね……。……今日も呼び捨ては……諦めます……だから……貴女がもっと欲しい」

「や……っ……だ、だめ……っ……ひぁっ!?」

抜けそうな欲望を再び最奥まで突き入れられ、レティシアは大きな嬌声を上げた。

激しい抽挿で身体が浮き上がるような快感に押し上げられ、絶頂に痺《しび》れた蜜襞がうねりながらクレイグの欲望をぎゅうぎゅうに締め付ける。

「やぁっ……あっ……だ、だめっ……あっ……あぁああ——……！」

ほぼ同時にクレイグの欲望も弾け、いつものように最奥までたっぷりと熱い飛沫《しぶき》をかけられた。

◆◇◆

クレイグに抱かれ、絶頂を何度も感じた後はいつも眠くて起きていられない。

今日も気が付いたら眠ってしまって、目が覚めた時には身体が清められ、着替えが整えられていた。

「一体いつ処分が出るのかしら……」

静かな部屋に、小さく呟いた独り言が呑み込まれていく。

そろそろ部屋に、夕食が運び込まれてくる時間だ。今日も食欲がわかない。今日はどうやって切り抜けようかと考えていると、メイド長のフローラがカートに食事を載せて入って来た。

懐かしい香りが鼻をくすぐって、レティシアは並べられた料理に視線を落とす。トマトと季節の野菜をたっぷり使った具沢山のスープにふわふわの白いパン、香草を使ったサラダに、良く冷えた林檎のコンポート。

「これ……」

「レティシア様はあまりご食欲がない時でも、こちらのメニューだと少しは口にできるとお聞きしましたが、召し上がれそうですか？」

「え、ええ……」

それはクレイグが執事としてファントム国で仕えていた時、体調を崩して食欲をなくしたレティシアのために、何度も改良を重ねて作ってくれた食事だった。この料理は幼いレティシアが体調を崩した時に、祖母直々に作ってくれた料理だ。とても美味《おい》しくて思い出の味だけど、レシピがうろ覚えで、何度作っても祖母の味にはならない。また食べてみたいと話していたことを、クレイグはしっかりと覚えていてくれていた。彼は何度も改良を重ね、ついに祖母の味を再現してくれたのだ。

「……クレイグ王子からは、シェフにレシピを渡して作ってもらった。……と必ず告げて欲しいと命じられているのですが、実を言うとこれは、クレイグ王子が自ら作ったお料理です」

「えっ⁉　クレイグ王子が自分で……⁉」

「あ、これ、内緒でお願いしますね。クレイグ王子からは、自分が作ったと言えば美味しく食べられないだろうからと、絶対に言うなとのお申し付けなので」

「ええ……教えてくれてありがとう……」

久しぶりに口にするクレイグの料理は、祖母の思い出の味以上に優しい味がした。彼はとても忙しく、誰よりも早くに起きて政務をこなし、誰よりも遅くに休んで睡眠時間はほんのわずかだとフローラから聞いている。

料理を作っている時間があるのなら、少しでも休みたいはずなのに……。

「美味しいわ……」

「一生懸命お作りになられていたので、お伝えしたらきっとお喜びになりますわ」

涙が零《こぼ》れそうになる。せっかくクレイグが作ってくれたのに、味がわからなくなったら勿体ない。堪えなければと思うのに、大粒の涙がぼろぼろ零れてしまう。

「レ、レティシア様……」

「ごめんなさい。なんでもないの……」

クレイグの優しさがあまりに温かくて、勘違いしそうになる。彼の気持ちは、やはり偽りではなく本物なのではないか……と。

勘違いしては駄目よ、レティシア……。

涙が止まらなくて顔を両手で覆っていると、太腿《ふともも》に小さな何かが載ったのがわかった。

「えっ……！」

驚愕して手を避けると、そこには八歳ほどの小さな少女が心配そうにレティシアを覗《のぞ》きこんでいた。

「レティシアお姉様、悲しいの？」

リボンで結われた銀髪の長い髪、くりくりした大きな瞳は綺麗《きれい》な青色をしている。クレイグと同じ髪の色、同じ瞳の色……。

「えっと、貴女は……」

「アンナ様！　今頃はご入浴をされているはずでは？　どうしてこちらに……」

「こら、アンナ！　見つけましたよ。黙って抜け出してはいけないと、あれほど言ったではないですか！」

アンナが入ってきたせいで半開きになっていた扉を開き、眉を顰《しか》めたクレイグが入ってくる。

「きゃっ！　クレイグお兄様っ！」

「随分と捜しましたよ……全く、抜け出すなんてはしたないですよ」

どうやら彼女はクレイグの妹らしい。彼が近付いてくると、アンナはレティシアの後ろにさっと隠れた。

「だってレティシアお姉様に会ってみたかったんだもの……。ねぇ、この方がレティシアお姉様なのでしょう？」

「ええ、そうです」

アンナは目をきらきら輝かせ、レティシアとクレイグを交互に眺める。

「やっぱり！　クレイグお兄様が言う通り、とぉっても美人で可愛いお姉様だわっ！　紫色のおめめがすごくきれいっ！　髪は金色なのね。天使様みたいっ」

「えっ……！」

レティシアが驚愕して真っ赤になる中、クレイグは否定することなくうんうん頷《うなず》く。

「これで私の言っていたことが本当だったとわかったでしょう？　さあ、目的は達成したのですから、早く部屋に戻って入浴を済ませてしまいなさい」

「いやっ！　せっかくレティシアお姉様に会えたんだものっ！　もっとお話ししたいわっ！」

「我儘《わがまま》も大概にしなさい。人の食事を邪魔するなど、レディのすることでは……」

クレイグの小言を途中で切り、アンナは主張を続ける。

「だって、レティシアお姉様泣いてるわっ！　きっと悲しいことがあったのよっ！　フローラもこの後下がっちゃうんでしょう？　泣いているのに一人ぼっちにされちゃうなんて可哀相だわっ！」

「そんな嘘に誤魔化されませんよ。そういえばここに居られると思ったら大間違いで……レティシア!?　なぜ泣いているのですか？」

今までアンナに視線を合わせていたせいで、レティシアが泣いていることに今初めて気付いたらしい。クレイグが目に見えるほど狼狽《ろうばい》するのがわかり、メイド長のフローラは噴き出しそうになるのを耐えられなかったのか、そそくさと部屋から出て行った。

「きっと何か悲しいことがあったのよ！」

「そうなのですか？　……いや、私のせいでしょうね。私がいつも貴女《あなた》に酷《ひど》いことばかりをしてしまうから……」

「あ、あの……っ……違……」

「お兄様がレティシアお姉様にいじわるをしたのっ⁉　ひどいわっ！　最低っ！　お兄様大っ嫌い！」

「……もっともですね」

幼い子供に怒られ、クレイグはがっくりと肩を落とす。

「ち、違うの……。あのこれは悲しくて泣いていたんじゃなくて、嬉しくて泣いていただけなの」

レティシアはぶるぶると首を左右に振り、慌てて涙を拭う。

「泣いちゃうほど嬉《うれ》しいことがあったの？」

アンナは首を傾げ、レティシアの顔を覗き込む。

「ええ、この料理がすごく美味しかったから、感動して涙が出てしまったの」

「……っ」

自分が作ったと知られていないと思っているクレイグは、どう反応して良いかわからないのか沈黙した。……が、頬が赤くなっていることには、気付いていないらしい。

「………そ、そうですか。それは良かったです。シェフも喜ぶでしょう」

「え、ええ……あの、ありがとう……って伝えてもらえるかしら？」

「わかりました。必ず伝えておきます」

クレイグが嬉しそうに微笑むのを見ると、心臓が高鳴って、胸が苦しい。

止めて……優しくなんてしないで……勘違い、してしまうわ……。

「ねぇ、レティシアお姉様、お食事が終わるまでわたしも一緒に居てもいい？　一人でお食事なんてつまらないでしょう？」

いい加減にしないかと窘《たしな》めるクレイグだったが、アンナは一歩も引こうとしない。

「あの、私は構わないわ。あ……でも、私と一緒じゃ不安を与えてしまうかしら……」

敗戦国の捕虜なのだから、危害を加える可能性を心配しているのかもしれない。余計なことを言ってしまったのかと反省したが、クレイグは不安そうな顔を見せるどころか、申し訳がなさそうな表情を浮かべる。しかも執事が早く政務に戻ってくださいと連れ戻しに来たため、迷惑になったら遠慮なく叩《たた》きだしてくださいと言い残し、アンナと二人きりにされてしまった。

えーっと……い、いいのかしら……。

信用されているということだろうか。レティシアが困り顔を浮かべる中、アンナは嬉しそうに向かいの席に座り、きらきらした眼差《まなざ》しを向けてくる。

「あの……アンナ姫？」

名前を呼ばれると、アンナは花のような笑みを浮かべた。

「ううん、アンって呼んでっ！　レティシアお姉様っ！　あのね、わたし、クレイグお兄様からお話を聞いて、ずーっとお会いしたいと思ってたのっ！」

「お話？」

敗戦国の姫と聞いているはずなのに、会いたいと思ってくれるとは変わっている。こうして小さな女の子に懐いて貰えるのは、教会で慈善活動をしていた以来だ。腹違いの妹達には嫌われていたこともあり、余計嬉しく感じて胸が温かい。

「うんっ！　あのね、とっても大切な人だって。愛してるって言っていたわ」

アンナは頬を赤らめながら、少し気恥ずかしそうに話す。

「へ……っ!?」

あまりに驚愕しすぎて、見開いた目が元に戻らない。

「お兄様は今まで人を好きになったことがなかったんだって。レティシアお姉様が初恋の人なんだって。ぜーったいお嫁さんにするんだってっ」

「あ、あの、アン……それは何かの冗談なの……？」

「ううん、本当にそう言ってたよ。おねだりしてやっとのことで教えてもらえたんだからっ！　あ、でも他の人には内緒って言ってたかなぁ？　あれ、どうだったかな？」

心臓がどくどく脈打ち、混乱して顔が熱くなる。クレイグが子供にまで嘘を吐くとは思えない。

クレイグ王子、本当……なの？

「ねぇ、レティシアお姉様も、クレイグお兄様のことが好き？」

「……それは……」

「あ……じゃあクレイグお兄様の片想いなのね。お兄様はちょーっとぶっきらぼうに見えるけど、実はとぉっても優しい人なの。だからお兄様のこと好きになってあげてね。わたし、レティシアお姉様みたいなお姉様がずーっと欲しかったの。だから嬉しいっ！　これからなかよくしてね」

レティシアが何か答えるよりも先にアンナ付きのメイドが入ってきて、嫌だと叫ぶアンナは抱えられたまま出て行った。

「……クレイグ王子が……私を……好き……？　本当……に？」

では今まで彼が告げてくれた言葉の数々は、偽りではなく本当だった……？

「ううん、そんなはずないわ……」

きっと今のは何かの間違いだったと思うことにしたが、その日以来アンナが部屋を訪ねてくるようになり、クレイグが話してくれるレティシアの惚気話を、こっそり教えてくれるようになったのだった。

◆◇◆

『こっそり来てるつもりだったのに、レティシアお姉様のお部屋に毎日遊びに来てること、クレイグお兄様にばれちゃった！　迷惑かけちゃいけないって怒られちゃったわ……』

『迷惑なんかじゃないわ。アンが毎日遊びに来てくれて、私すごく楽しいもの』

『本当⁉　嬉しいっ！　でもクレイグお兄様ったらね、迷惑かけちゃいけないって怒りながらも、レティシアお姉様と何をしたか、何を話したかって、たーっくさん質問してくるのよ。レティシアお姉様のことが気になって仕方がないみたい』

本当にクレイグ王子が、私のことを……？

「……っ……んぅ……はぁ……んんっ……や……」

アンナが毎日部屋を訪ねてくるように、クレイグも相変わらず毎日訪ねてきて、レティシアの身体を求めていた。

昼間はアンナが来ているので、最近彼が現れるのは深夜が多い。ベッドに組み敷かれたレティシアは、ナイトドレス越しに身体をなぞられ、唇から淫らな喘《あえ》ぎをこぼす。

少し胸を揉まれただけなのに、乳首がつんと尖《とが》って主張を始めていた。まるで早くこちらを弄って欲しいとおねだりしているようで恥ずかしい。指先でわずかに触れられると、大きく体が跳ね上がって、大きな声が出てしまう。

「……元々感じやすい人だとは思っていましたが、最近は……更に感じやすいですね？」

「え……っ」

訝《いぶか》しげな目でじっと見下ろされていることに気付き、レティシアは真っ赤な顔をしておずおずと視線を逸らす。

「なぜ目を逸らすのですか？」

「……し、知らないわ。ただなんとなく……で……っ……ぁン……！」

ナイトドレス越しに乳首を甘噛みされると、あまりの刺激に涙が滲む。

彼が本当に自分を愛してくれているのではないかという希望が生まれてからは、いつも以上に感じてしまって止まらない。

本当に私を……愛してくれているの？　私を鬱憤《うつぷん》の捌け口にしていただけじゃなくて、愛してくれていたから、こうして抱いてくれるの？

「怪しいですね。……私に言いたいことが、何かあるのでは？」

「そんなこと……ないわ」

生まれたわずかな希望を潰すのが怖くて、何も聞けない。隠し事をするのが苦手なせいか、どうも不自然な態度を取っているようだ。誤魔化しても誤魔化し切れていないようで、クレイグは訝しげな視線を向けることを止めない。

「……それに最近は随分とよそよそしいですね」

「え……」

「ここへ連れて来てからは何度も『嫌い』だと言われていましたが、最近では全く言わなくなった」

それは偽りの愛を囁《ささや》かれて、慰み者にされたと思ったからだ。それが偽りではないという可能性が生まれてからは、レティシアはクレイグにどう接していいかわからなくなってしまった。

もし偽りでなかったのなら、私……なんて酷いことを言ってしまったのかしら。

酷い、酷いと言っていた自分が一番酷い。

「……しかも時折、上の空」

狼狽していると、さらに訝しげな目を向けられた。

「アンナが昼間出入りしていると聞いていたので、最近は夜中に来るようにしていましたが……実はアンナの他に出入りしている者がいるのではないですか？」

「え、誰？」

「私が質問したいのですが。……一体、どこの男を出入りさせているのですか？」

尖った乳首を親指で押しつぶされ、唇から淫らな喘ぎがこぼれる。

「ひぅっ……っ……お、男の……人？　どうしてそうなるの……？」

ここにはアンナとメイド達しか出入りしていない。一体どうしてそんな発想になるのだろう。

「感じやすくなったのが良い証拠です。誰かに身体を奪われ、教え込まれているのではないですか？」

「な……っ……こんなこと、貴方《あなた》以外に許すはずないわ……っ！」

思わず本音がこぼれ、レティシアは思わず両手で口をふさぐ。クレイグもそう返してくるとは思っていなかったのか、切れ長の瞳を丸くしていた。

「……アンバー国の王には、許そうとしていたじゃないですか」

「そ、そんな風に言わないで……あの時は事情があったもの。でも、今は違って……と、とにかく他の男性なんて部屋に入れてないわ」

まるで誰にでも身体を許すような女だと責められているみたいだ。抗議を込めた目で睨むと、意地悪な顔で微笑まれた。

「じゃあ、証明できますか？」

「どうやって？」

証人を連れてこいとでも言うのだろうか。でも、レティシアと丸一日一緒に過ごした人物など一人もいない。どうすれば良いのだろう。

「他の男に何も教え込まれていない……という証拠を見せてもらいたいのですが」

クレイグは身体を起こすと、ヘッドボードに背中を預けて座る。レティシアも身体を起こすと、彼はバックルを外して前を寛がせはじめた。

「えっ……あ、あの……」

クレイグは半分ほど勃《た》ち上がった自身を取り出して、レティシアの手に握らせた。

「きゃあっ……!?」

「……すごい悲鳴ですね。いや、間男のモノなら喜んで握るのかもしれませんね。私のが嫌すぎてそういう反応……というわけですか」

「ままま間男……⁉　へ、変なことを言わないで……しょ、証拠を見せろって言ったのに……どうしてこんなことを……させるの？」

クレイグの性器を見るのは初めてではなかったけれど、こうしてじっくりと見せられた上、触れさせられるのは初めてだ。真っ赤な顔を背けると、クレイグが小さく笑うのが聞こえる。

「レティシアの手や口で、愛撫《あいぶ》してください」

「ど、どうしてそうなるの？　証拠を見せるんじゃないの？」

「ええ、貴女には男への愛撫など一切教えていませんから、間男に仕込まれていないか判断するには最適だと思いまして」

「そんな……で、でも、どうして良いかわからないわ……」

指先から卑猥《ひわい》な感触が伝わってきて、恥ずかしさのあまり震えてしまう。

「貴女の好きなようにして構いません。……ああ、していただけないのでしたら、別の方法で探らせてもらうことにするので、私はどちらでも構いませんが」

「別の方法って……？」

クレイグは意味深に微笑むと、ナイトドレスの裾の中に手を潜り込ませ、尾てい骨をなぞった。

「え……？　あ、あの……」

「まだ未開発な後ろの穴を調べてみるなど……でしょうか？」

「や……っ……そ、そんなの絶対嫌……っ」

「私はどちらでも構いませんよ」

指がだんだんと下りてきているのに気付いて、レティシアは慌てて自分から愛撫すると答える。

「では、始めていただきましょうか」

で、でも、本当にどうしたら良いのかしら……。

猫を可愛がるように撫でてみると、半勃ちした欲望がぴくりと動く。

もしかして、撫でると気持ち良いのかしら……。

するとなぜかお腹《なか》の奥が疼いて、花びらの奥が潤んでしまう。

私、興奮しているの……？

なんて淫らな女だろう。心の中で自分を罵っても、身体の疼《うず》きが止まらない。どんどん生まれてくる蜜は花びらの間だけではとどまらず、太腿《ふともも》まで垂れてくる。

恐る恐るではあったけれど、撫で続けていると少し大きくなった気がする。けれどクレイグがくすくす笑い続けているのはどうしてだろう。

「あ、あの、どうして笑うの？」

「すみません。少々くすぐったくて……」

気持ち良くできていたのかと思いきや、ただくすぐったかっただけらしい。不慣れなところを見せられたのだから、もう汚名は返上できたはずだ。目的は達成された。

……けれど、なんだか悔しい。

そういえばさっき、口で……とも言ったわよね？　口で咥《くわ》えたら、気持ち良いのかしら……。

レティシアは真っ赤になりながら、クレイグの性器と余裕な表情を浮かべるクレイグを交互に見る。

「どうしました？」

「……な、なんでもないわ」

邪魔になる髪を耳にかけて、どきどき高鳴る心臓を押さえて何度か深呼吸をし、クレイグの性器を口に含んだ。

まだ半分しか勃っていないのに、クレイグの性器はとても大きくて、全て口に含みきれない。

「……っ……レティシア……」

ほ、本当にこんな大きいものが、いつも私の中に全て収まってるの……⁉

「ん……んぅう……っ」

どこまで含んだら気持ち良くなってくれるのだろう。やはり根元までだろうか。無理をして根元まで呑み込もうとしたけれど途中で喉の奥に当たり、むせて出してしまった。

「う……っ……けほっ……けほっ……」

「レティシア、大丈夫ですか……⁉」

涙目で咳き込んでいると、クレイグが慌てた様子で背中をさすってくれる。

「無理をして……。全てを口に入れる必要はなかったんですよ」

ということは……彼は誰かに口淫してもらった経験があるのだろうか。

いや、あって当然だ。以前にもレティシアの身体を他の女性と比べたような発言をしたことがあったし、彼のような素敵な男性が放っておかれるはずがない。

胸の中が嫉妬で焼け焦げてしまいそうだ……。

「……貴方が前に付き合っていた女性は、もっと上手にしてくれた……？」

「レティシア……？」

つい尋ねてしまったけれど、他の女性のことなんて聞きたくなかった。涙がこぼれそうになって、目を丸くしたクレイグに背を向ける。

「な、なんでもないわ」

「レティシア、もしかして今のは嫉妬で……」

「……っ……なんでもないって言ってるじゃない……こんなに下手なんだから、もう他の人に触れられてないってわかったでしょう？　気が済んだなら、もう出て行って……」

なんて可愛くない言い方なの……。

我慢していた涙がついにこぼれて、慌てて手の甲で拭《は》う。すると後ろから強く抱きしめられ、身をよじらせて逃げようとしたら耳を食まれた。

「ひゃうっ……！　や……っ……み、耳……だめ……っ」

耳の形を丁寧になぞるようにねっとりと舐《な》めしゃぶられると、くにゃりと力が抜けてしまう。悔しいのに力が入らない。そのまま組み敷かれたレティシアは、クレイグにされるがままだ。眦《まなじり》に残った涙を唇で掬い取られ、子供をあやすように髪を撫でられる。

「上手でしたよ」

「み、見え透いたお世辞を言わないで……」

クレイグはにっこりと微笑むと、レティシアの手を操って欲望へ導く。

「……っあ……！」

握らされた欲望は、さっきまでの状態とは全く違っていた。血管が浮き上がるほど膨張し、大きく反り返っている。鈴口からは先走りがこぼれて、ぬるぬるしていた。

「ほら、貴女《あなた》があまりにも上手なせいで、今にもはちきれそうなぐらいです」

「ど、どうして……だって、わ、私……下手で……あっ……じゃあ、他の人に触れられてないって、信じて……貰《もら》えないの……？」

下手なのは間違いない。だけど彼の欲望が大きくなったのも間違いない。ということは、別の方法で他の人に触れられていないことを証明しなければいけないのだろうか。

「お、お尻は嫌……許して……」

ふるふる震えてまた涙をこぼすと、クレイグの手がナイトドレスに潜り込んでくる。

「大丈夫です。信じてあげますよ……貴女の愛撫は、慣れているとは思えませんでしたから」

「……じゃ、じゃあ、やっぱり下手……なのよね？　なのに、どうしてこんなことに……」

「他の男はどう思うかは知りませんし、させるつもりなど毛頭ありませんが、私にとっては上手なんです」

「貴方にとっては？　あっ……クレイグ王子は……その……感じやす……い、いえ、び……敏感っていうこと……かしら？」

や、やだ、なんていやらしいことを聞いてしまったのかしら。

質問してから後悔しても遅い。レティシアの顔はみるみるうちに真っ赤になっていく。

「特に敏感ということではないと思いますよ。むしろ鈍いくらいかと」

くすぐられても全く何も感じないし、多少の擦り傷や切り傷ができても、ほとんど痛みを感じないらしい。

恥ずかしくて指先が震えてしまうと、彼の欲望がびくんと跳ねたのがわかった。

「ひゃっ……で、でも、い、今だって……」

かすかに動かしただけでもこんなに反応するのだから、やはり敏感としか思えない。

「レティシアに触れられているからですよ。貴女にだけは敏感になってしまうみたいです……貴女の一挙一動は、どうしてこんなにも私の心や身体を虜《とりこ》にしてしまうのでしょうね」

まじまじと見つめられたレティシアは、気恥ずかしくて顔を逸《そ》らしてしまう。

今言ってくれたことも偽りじゃなくて、本当なの……？　聞いてみようか。でも、もしアンナの言葉が何かの間違いだったらと考えたら、やっぱり怖くて勇気が出せない。

「感じやすいと言えば、貴女の方では？」

不意打ちで花びらを割られると、くちゅ……と水音が聞こえて、頬が燃え上がりそうなほど熱くなる。

「あっ……」

「いつからこんなに濡らしていたのですか？」

「それは……っ……ン……ぅっ……」

膣口に指を入れられると、あまりに濡れているせいであっという間に呑み込んでしまう。

「乳首を弄っていた時からでしょうか。それとも私を愛撫していた時に……？」

襞をなぞられる感覚に肌が粟立って、膣道がぎゅっと締まる。

「き、聞かないで……っ……ンぅ……や……んっ……」

指をもう一本増やされ、弱い場所をぬちゅぬちゅ擦られると、理性どころか思考までとろけてしまいそうだ。ナイトドレスを通り越して、くしゃくしゃになったシーツまで濡れていた。

「こんなに濡らして……貴女は身体のあちこちが性感帯で、触れられて気持ち良くない場所があるのかと思うくらいです。本当に感じやすいですね……」

「そ、そんなこと……ないわ……だって……あの時は……こんなことに、ならなかった……もの……」

「あの時？　……まさか本当に間男がいるのですか？」

中に指を入れたまま、空いている親指で敏感な粒をくりくり転がされた。中と外側、両方の刺激はあまりの刺激で、呼吸を忘れるほどだ。

「……っ……やぁっ……りょ、両方なんて……だめ……っ」

「どうなんですか？」

「んぅ……っ……ち、違う……の……そうじゃなくて……ファントム城で、騎士兵に襲われそうになった時……のこと……あ、あの時は……こんな風に……ならなかったもの……っ」

感じすぎて、高熱に浮かされているみたいだ。ぐらぐら頭が茹って、もう何も考えられない。

「……こうなるのは……貴方に……触れられた時……だけだわ……貴方以外の人……なんて絶対嫌……っ」

息を絶えさせながらも必死で言葉を紡ぐと、クレイグが切れ長の瞳を見開き、ほんの少し頬を赤くするのがわかった。

「……今、自分が何を言ったのか……わかっていますか？」

「え……な……に……？」

私、今……何を言ったの……？

あまりに感じすぎて、今口走ったことすら思い出せない。

膣道を満たしていた指を引き抜かれ、喪失感で切ないため息がこぼれた。新しい空気が肺を満たす前に少しの隙間もなく唇を奪われ、吸いかけた空気も鼻から抜けていく。

苦しいのに、止めて欲しくない。もっと、もっと欲しい。

「ん……っ……んんっ……ふ……んぅ――……っ」

さっきまで指が埋められていた膣口が、代わりに呼吸してあげるというように、ひくひく疼いた。少しも力が入らない足を大きく広げられ、そこに反り返った欲望を宛てがわれるのがわかって、さらなる刺激への期待に鳥肌が立つ。

ぬぷ、と少し先を入れられ、膣口が広がる感覚に腰が揺れた瞬間――クレイグが少しだけ唇を離して、艶やかに囁く。

「……その言い方だと……まるで大嫌いな私を、好きだと言っているように聞こえますよ……？」

「……えっ？　……あっ……わ、私……」

そこまで言われてようやく自分が何を言ったのか思いだし、どうして彼が驚いた表情を見せたのかがわかった。

こ、これじゃ、告白したようなものじゃない！

なんて言えば良いかわからなくて言葉を失うと、血管が浮き出るほど昂《たかぶ》った欲望を最奥まで一気に突き立てられ、外にまで聞こえそうなほどの嬌声をこぼす。

「ひあぁあああんっ……！」

「……それとも、身体の相性が……相当良い……という意味でしょうか？　……っ……はぁ……貴女の中……は、あまりにも……良すぎる……」

爆発しそうなほど膨らんだ肉棒に擦り付けられると、悦んだ蜜襞がうねり返って抱きしめるようにぎゅうぎゅう締め付けた。

「……っ……ち、違……っ……あっ……あぁんっ……ン……ぅっ」

次々と生まれてくる蜜が雁首に掻き出され、肌と肌がぶつかり合う音と淫らな水音が部屋に響く。

打ち付けられるたび火花が散って、頭の中が真っ白になっていく。

クレイグが言う通り、全身が性感帯になったみたいだ。鼓膜を揺さぶるいやらしい音、鼻腔《びこう》をくすぐる甘くて艶やかな彼の香り、身に付けたままのナイトドレスが尖《とが》った乳首に擦れる感触、激しく揺さぶられるたびに出る自分の声の振動ですら気持ちがいい。

「クレイグ……王子……っ……は、激し……すぎて……や……ぁ……中……あ、熱……ぃ……っ……」

「……っ……嫌……ですか？」

快感に下がった子宮口をごつごつ突かれ、レティシアの眦《まなじり》からは快感の涙がこぼれる。

扉をノックされているみたいだ。早く開いて、早く受け入れてと、ノックされているみたいだ。厳重に鍵をかけた心の扉までも――。

レティシアは首を左右に振り、クレイグの逞《たくま》しい胸板に縋《すが》り付《つ》いた。

「や……じゃない……っ……止めないで……っ」

切れ長の瞳を細め、クレイグは苦笑いを浮かべる。

「………本当に……自分の良い方に考えて……しまいそう……です……」

ぐちゅっ……ぐぷっ……ぐぷっ、ぐぷっ、ぬちゅっ、ぐぷぐぷぐぷ……。

激しい抽挿音と共に足先から快感の大波がやってきて、レティシアは絶頂で身体を弓のようにしならせた。

「んっ……や……き、きちゃ……ぅ……っ……ンぅ……ぁあ――……っ！」

うねり返った蜜襞は肉棒を搾り取るように締め付け、それから間もなく最奥で欲望を弾けさせた。

「好きです……レティシア……こうして注ぐ……たびに、貴女の心に私が満ちていけばいいのに……」

絶頂に痺《しび》れた頭に、彼の切ない声がじんと滲《し》みていく。

――もうこれ以上入らないってくらい、貴方《あなた》でいっぱいだわ……。

本当に彼はそう思ってくれているのだろうか。レティシアは瞳をとろけさせながら、何も聞けずにいる自分の臆病さに呆れ、情けなくなる。

私、いつからこんな臆病になったのかしら……。

◆◇◆

翌日の昼下がり——クレイグに誘われたレティシアは、数週間ぶりに外の空気を吸っていた。

ここはプレナイト城の庭園で、彼女がいつも部屋の窓から見下ろしていた場所だ。

色とりどりの薔薇が咲いていて、甘い香りに満ちている。煉瓦が敷き詰められた道を進み、アーチをくぐりぬけると小丘の上にちょっとした小屋が建てられていて、薔薇を眺めながらお茶が楽しめるように可愛らしい白いテーブルと椅子が設置されていた。

まるで幼い頃に読んだ絵本の中の世界みたいだ。自然と口もとが綻ぶ。

ファントム城にも薔薇園はあったけれど、父の趣味で赤くなおかつ大きなものしか咲かせることを許されなかった上、あの政治情勢だったので、なんだか血のように見えて怖かった。

「あの、クレイグ王子……私、本当に外へ出て良かったの？」

「ええ、もちろんです。なぜ躊躇《ためら》っているのですか？」

本来なら牢《ろう》に入れられ、もう処刑されていてもおかしくないぐらいの立場なのだ。あんな豪華な部屋を宛てがわれた上に、美しい庭園を散歩するなんて身分不相応にもほどがある。

「だって……あっ……！」

煉瓦に躓《つまず》き、よろけたところをクレイグが受け止めてくれた。

「大丈夫ですか？」

「え、ええ、ありがとう」

顔を上げると不意打ちで唇を重ねられ、頬が薔薇のように赤くなる。

「……こうして外で貴女の唇に触れる……というのは、なんだか不思議な気分です。ファントム国で執事をしていた時は、誰にも見られない場所でひっそりとしかできませんでしたから」

ファントム国で唇を奪われていたことを通り越し、密事まで具体的に思い出してしまったレティシアは、赤面して何も言えずに俯《うつむ》いた。

するとクレイグがはっとした表情を浮かべ、レティシアから距離を置く。

「……申し訳ありません。最低ですね、私は……ファントム国でのことを無神経に話すなど、どうかしていました」

え……？

「私にとっては良い思い出であっても、貴女にとっては私に騙されていた忌まわしい思い出でしかありませんでしたね……」

誤解だ。照れただけで不快に思ったわけではない。

顔を上げると、切なげに顔を歪めていたクレイグと目が合う。

「あの、私……っ……ン……！」

誤解を解こうと言葉を紡ごうとした途中で唇を奪われ、頭が真っ白になってしまうほどの口付けを与えられた。

「ん……あ……んんっ」

舌がとろけて、膝が震える。唇が離れるのと同時に崩れ落ちそうになると、強く抱きしめられた。

「何度言っても信じて貰えないかもしれませんが、言わせてください……レティシア……私は身分や名を偽っていましたが、貴女への気持ちは一度も偽ったことがありません。愛しています……」

触れた場所から、クレイグの速くなった心臓の音が聞こえる。その音が言葉以上に伝えてくれた。彼の言っていることは、全て真実なのだ――と。

「貴女を誰よりも幸せにしたいと、ずっと思っていました……貴女の幸せを思えば、私は身を引くべきなのだと……わかってはいます。貴女の父親の仇《かたき》である私は、今以上に憎まれても、好きになってくれる可能性などないのだと……わかっています。ですが……手放せない……」

クレイグの言葉に、目を丸くする。

レティシアがクレイグを嫌いだと言ったのは、彼が気持ちまでも偽ったと思ったからだ。

「違うわ！　私、お父様を殺されたから、貴方を嫌いだって言ったんじゃないの……っ！」

「レティシア？」

「ファントム国で貴方がサミュエルとして執事をしていた時のこと……私にとっても、大切な思い出だわ……っ！　忌まわしくなんて、少しもない……！」

すれ違っていただけで、気持ちはいつだって一緒だった。

ううん、私が聞く耳を持たなかったから……頑《かたく》なに心を閉ざしていたせいだわ。

「ごめんなさい……私、本当は貴方を……」

「クレイグ王子、こちらにいらっしゃいましたか！」

意を決して口を開いた時、執事が慌てた様子でこちらへ走ってくるのが見えた。どうやら相当捜したらしく、髪が乱れ、息がかなり乱れている。どうやら緊急の用らしい。

「……今は取り込み中です。後にしてください」

クレイグは執事を一蹴すると、再びレティシアに向き合う。

「しかしながら、国王からのお呼びでございまして……」

どうやら急を要するらしい。政務だろうか？　間が悪いとため息をついたクレイグを見て、執事が狼狽《ろうばい》する。

「あの、私のことは気にしないで？　早く行った方がいいわ」

「ですが……」

「あの……でも、後で私に時間をくれる？　話したいことがあるの」

勇気を出してお願いをすると、険しい表情をしていたクレイグの顔が明るくなった。

「もちろんです。すぐに終わらせます。瞬《まばた》きをする間に終わらせ……」

「そ、それは無理だと思うわ。えっと、頑張ってね」

クレイグは何度も振り返りながら、城へ戻って行った。入れ替わりにフローラがやってきて、テーブルに紅茶とお菓子を用意してくれる。

「庭園で咲いた薔薇を使ったローズティーです」

「ありがとう。良い香り……」

「お散歩は気分転換になりましたか？」

「ええ、とても」

早くクレイグに会って、話がしたい。早く自分の気持ちを伝えたい。逸《はや》る気持ちを抑えるために紅茶を一口飲んだその時、侍女を携えたある女性がこちらへ向かって歩いてきているのに気付いた。

とても魅惑的な美女だ。艶やかなブロンドはゴージャスに巻いてあり、紫色の瞳はアメジストのように美しい。庭園に咲いている大輪の赤い薔薇が良く似合っていて、思わず見惚《みと》れてしまうほどだった。

彼女はレティシアの前で足を止めると、じろりと見下ろしてくる。

「……貴女《あなた》がレティシアさん？」

「え……？　あ、はい……初めまして」

どなたかしら……。

「アデーレ様、レティシア様に何かご用でしょうか？」

フローラが庇うように、アデーレとレティシアの前に立つ。

「メイドごときに話すようなことではないわ。下がっていなさい」

「お言葉ですが、クレイグ王子からレティシア様には、許可した人間以外は誰も近づけないようにと、きつく言いつけられていますから」

アデーレからぞくりとするほど鋭く睨《にら》まれても、フローラは少しも怯《ひる》まない。

「まあ！　たかがメイド風情がアデーレ様に口答えをするなど、なんたる無礼！　恥を知りなさい！」

アデーレの後ろに控えていた侍女が一歩前に出て、フローラに食って掛かる。

クレイグが他の者にレティシアへの接触を許さないのは、捕虜のレティシアを好奇の目で見に来る者もいるかもしれないと、気を遣ってのことだろう。

「フローラ、私は大丈夫よ」

「しかし、レティシア様……」

「美味しい紅茶をありがとう。もう、城に戻っていいわ」

この物言いからすると、かなりの身分の者だろう。優しいクレイグが彼女の思い通りにフローラを処分するとは思わないが、これ以上彼女に嫌な思いをさせたくない。

アデーレは持っていた扇で虫を払うように、残ろうとするフローラを城の中へと追いやった。

「捕虜の身でクレイグ王子とお散歩を楽しんだ上に、抱き合って口付けをするなんてはしたないわ……随分と厚かましいお方なのね。ファントム国の王族は、みんなそうなのかしら？」

「……っ」

見られていたなんて……。

レティシアが真っ赤になった顔を俯かせ、言葉を紡げずにいると、アデーレは形の良い唇を吊《つ》り上《あ》げる。

彼女は持っていた扇を閉じてレティシアの顎に宛てがうと、無理矢理上を向かせた。

「貴女……繊細そうに見えて、図太いのね。ご自分の国があーんなことになっているっていうのに」

「え？　あんなこと……って、ファントム国に何かあったんですか？」

レティシアは顎に宛てがわれていた扇を掴《つか》むと、身を乗り出す。

「ちょ、ちょっと、何をするの⁉　離しなさいよっ！」

掴まれると思わなかったのか、アデーレはぎょっとしながら扇からレティシアの手を振り払おうとした。

「ファントム国に何があったんですか⁉　教えてください……っ！」

「暴動が起きているそうよ」

「暴動……⁉　どうして……」

アデーレは扇からレティシアの手を乱暴に振り払うと、赤い唇を吊り上げる。

「そんなの、貴女が原因に決まっているじゃない」

「私……？」

「ファントム王は処刑されて、側室や王子や姫たちは幽閉されているでしょう？　それなのに貴女だけがプレナイト国で悠々自適に過ごしているのですもの。暴動を起こしたくなっても当然じゃなくて？　皆、口々に貴女の名前を口にしているそうよ」

頭が真っ白になった。

暴動が起きれば、また死者がでる。

プレナイト国のおかげでせっかく平和を取り戻したと思っていたのに、レティシアがまだ生きているばかりにまた罪のない人々が傷付くなんて、あってはならないことだ。

「嘘《うそ》……」

疑っていたわけではなく、そうであって欲しいという希望を込めて口にしたのだが、アデーレは嘘つき呼ばわりされたと感じたようで、眉を顰《しか》めた。

「な、何よ！　私を疑うの⁉　嘘だと思うのなら、確かめてみればいいじゃない！」

心臓が嫌な音を立て、胃の中が気持ち悪くなる。

クレイグが急にプレナイト王から呼ばれたのは、このことに違いない。

「そんな……」

早く、早くファントム国に戻らなくては……。

クレイグに頼み、馬車を出してもらおう。

優しい彼が許してくれるとは思わない。だけどレティシアには、彼以外頼れる人はいない。

それにこれ以上暴動が大きくなれば、臨時で国を治めている第二王子のクルトの身が危ない。

レティシアは足をふらつかせながらアデーレの横を通り抜け、彼の元へ急いだ。

アデーレはレティシアの小さくなっていく背中を見ながら、堪《こら》えきれない笑いを漏らして、口元を広げた扇で隠しながら肩を揺らす。

「アデーレ様、まだ堪えていただきませんと、聞こえてしまいますわよ？」

そう窘《たしな》める侍女も笑いが堪えきれないようで、口元が歪《ゆが》んでしまっている。

「うふふ、だっておかしいんですもの。すっかり騙されちゃってお馬鹿さんね……そのまま城を飛び出して、二度と帰ってこなければいいのに」

笑われていることに気付かず、レティシアはクレイグの姿を捜す。アデーレに何かされるのではないかと危惧し、待機していたフローラとすぐに会うことができた。

嫌がらせを受けたのではないかと心配する言葉を遮り、クレイグの居場所を尋ねたが、まだ王との話し合いが続いているらしい。

「そ、そう……よね……ついさっき向かったばかりなのだから、当たり前よね……」

「レティシア様、どうなさったのですか？　顔色が良くないですわ。やはりアデーレ様に……」

「い、いえ、ちがうの。ファ、ファントム国で、暴動が起きているらしいの。私、戻らなくちゃ……暴動を鎮めなきゃ……」

「お待ちください。一体、どういうことで……」

フローラにアデーレから聞いた話を告げ、馬車を用意して欲しいと頼んだが聞き入れてもらえるはずもない。当然クレイグが来るのを待つべきだと窘められ、自室に戻された。

そうだ。待つべきだ……そうわかっていても、気持ちが逸る。

時計の音が妙に大きく感じて、一分が永遠にすら感じた。

話し合いが難航しているのだろうか。一時間、二時間経っても、クレイグは戻ってくる気配を見せない。

レティシアはソファに腰を下ろすと、神に祈るよう両手を組んで額に当て、ぎゅっと目を瞑《つぶ》る。暗い瞼《まぶた》の裏に、祖母の屋敷からファントム城まで続く死体の山が映って、胸が切り刻まれたように痛んだ。

「早く……早く行かなくちゃ……」

「レティシアお姉様、どこかに行きたいの？　それってお城の外？」

はっと目を開けた先に、目を丸くしながら顔を覗《のぞ》き込むアンナの姿があった。

「アン……」

「行きたいのね？ それならわたしにまかせてっ！ こっちよ！」

「え、え？」

アンナに手を引かれるままに、レティシアは足を進める。『こっち、こっち！』と言われ、連れられた先は、アンナの部屋だった。

小花柄の可愛らしい壁紙に、白い大きなベッド。可愛らしいものをめいっぱい詰め込んだ、アンナにぴったりの部屋だ。今の季節は暖かいので、暖炉は使っていない。かわりに中は可愛らしいピンク色の花で飾られている。

アンナはレティシアの手を離すとその花を避け、暖炉の中に入って手招きした。

「アン、そんな所に入っては危ないわ」

「大丈夫よ。あのね、ここに秘密の道があるの。ほら、見て」

暖炉の中には、巧妙に隠された扉があった。そこを開くと地下に続く階段があり、階段を下りると通路になっている。

「ここって……」

「ここを通ると、城の外に出られるのよ。お城が危なくなった時にだけしか使っちゃいけない、特別な通路なんだって。すごいでしょ」

城を作る際、他国から攻め込まれる最悪の場合を想定して、このように隠し通路を作っておくことは珍しくない。ファントム城にもこういった通路はいくつも存在していた。

「お姉様大好きだから、特別に教えてあげるっ！　使いたい時は、いつでも使ってね」

アンナを騙すようで胸が痛んで、レティシアは小さな彼女をぎゅっと抱きしめる。

「ありがとう、アン。ごめんなさい……」

「どうして謝るの？　お姉様……」

その質問に答えられないまま、アンナの部屋から借りたランプに明かりを灯し、階段を下りた。

通路はじめじめしていて薄暗く、酸素が少ないのか息苦しい。ヒールの音と自分の呼吸音、そして心臓の音がやけに大きく聞こえて、胸の中でくすぶっている不安が強く煽られる。

やっとのことで外に出たレティシアは、身に付けていたブレスレットを路銀にして、辻馬車を拾った。

窓から流れる景色を眺めていると、街を抜けて森へ入っていくのが見える。

馬車は苦手……。

祖母の屋敷からファントム城へ行くまでの道、国民達が道々で亡くなっていた光景が、今でも目に浮かぶ。クレイグと一緒の時は大丈夫だったけれど、今日は恐ろしくて堪《たま》らない。

嫌な音を立てる心臓をドレスの上からぎゅっと押さえようとしたその時——馬車が大きく揺

れ、がたがたと鈍い音を立てながら停止した。

「きゃあ……っ⁉」

座席から投げ出されそうになったが、窓にしがみ付いてなんとか事なきを得た。

一体何が起こったのだろう。窓の外を見ると、馬に乗った体格の良い男数人に囲まれていて、引きずりおろされた御者が、先ほどレティシアが路銀として渡したブレスレットや持っていた金を奪われているのが見える。

「い、命だけはお助けください……！」

「金目のものを出すならな。おら、とっとと全部出せ！」

嘘……！　夜盗⁉　どうしよう……！

この危機をどうすれば切り抜けられるのか――混乱した頭では、少しも名案が浮かばない。御者は男性だ。金目のものを全て出せば見逃してくれるかもしれないが、女のレティシアは見つかったら終わりだ。身ぐるみを剥がされるどころか、人買いに売り飛ばされる可能性だってある。

野盗たちと窓越しに目が合い、心臓が大きく跳ね上がる。

「女だ。女が乗ってるぞ！」

「今日は大収穫だな。引きずり出せ」

ど、どうしよう……！

扉を開けられた瞬間、頭が真っ白になった。気が付いたら身体が動いて、男の腹めがけて、思いきり体当たりをしていた。

「ぐえっ……！」

いきなり攻撃されると思っていなかったのか、野盗はレティシアの攻撃をまともに食らい、転がり落ちる。レティシアも一緒になって転がり落ちたが、野盗たちが呆気にとられている間に身体を起こし、転がるように森の中へ逃げ込んだ。

「……くそっ……何、ぼさっとしてんだよ！　捕まえろ！」

数秒遅れて野盗達が追ってくる。レティシアは爆発しそうなほど早鐘を打つ心臓を押さえながら、夢中になって走った。

第七章　自由の大空

「はぁ……はぁ……っ」

息が苦しい……。

靴やドレスの裾を泥で汚しながらも、レティシアはひたすら森の中を走る。

深い森はどこまで走っても同じ景色で、どちらが前で、どちらが後ろか——だんだんとわからなくなっていく。

野盗が追って来ていないのを確認し、乱れた息を整える。レティシアは小柄な体型を活かし、彼らでは通り抜けられないだろう場所を選んで走ってきた。きっとしばらくの間は追いつけないはずだし、そのうち諦めるだろう。

——しっかりしなくちゃ。

なるべく早く、この森を早く抜けなくては……。森を抜けてどこかの街へたどり着いたら、また辻馬車を探そう。

息を整えていると、雨が降ってきた。すぐに止むことを願ったが、雨脚はどんどん強くなっていく。

「まずいわ……」

雨に濡れては、体力を奪われてしまう。ファントム国へたどり着くまで、倒れるわけにはいかない。どれくらいでこの森を抜けられるかわからないけれど、とにかく進まなければ。

一歩踏み出したその時——茂みをかきわけるような音が聞こえた。

「……っ⁉」

風で揺れた……？　いや、野盗だろうか。

レティシアは息をひそめ、菫色《すみれいろ》の瞳を凝らす。

何……？

じりじりと近づいてくるそれは大きな犬のような身体に、鋭い牙を持っている。ファントム城には剥製として飾られていた。

——狼だ。

つり上がって光った瞳はレティシアをしっかり見ていて、薄く開いた口からは涎が垂れている。雨に濡れたせいだろうか。獣の匂いが鼻を突く。

「嫌……来ないで……」

恐怖で膝が震え、足を上手く動かすことができない。

こんな所で死ぬの……？　何もできないまま、狼の餌になるの？

踵にあった大きな石に躓き、尻餅を付いてしまう。

「きゃあっ……！」

鋭く光る瞳から視線を逸《そ》らしたその瞬間――狼は地面を蹴り上げ、レティシアめがけて襲い掛かった。

鋭い牙に裂かれることを覚悟し、ぎゅっと目を瞑《つぶ》ったその時――悲鳴を上げたのはレティシアではなく、狼の方だった。

「レティシア……！」

幻聴だろうか？

恐る恐る目を開いた先に見えるのは、レティシアの希望が生んだ幻だろうか？

「クレイグ……王子……？」

呆然《ぼうぜん》としているレティシアの元へ、幻のクレイグが近づいてきて跪《ひざまず》く。

「大丈夫ですか⁉　どこか痛いところは……怪我《けが》はありませんか⁉」

肩を掴んだ手は、とても温かい。服が濡れているから、なおのこと体温が伝わってくる。

「クレイグ王子……なの？　本当に？」

「なっ……っ……目が見えないのですか⁉　早く医者に診せなくては……」

「え？　ええっ？　ち、違うわ。目が見えないわけじゃなくて、私……幻を見ているんじゃないかって……あっ……」

逞《たくま》しい腕に強く抱きしめられると、恐怖と雨で冷えた身体に温もりが伝わってきた。

「これで幻ではないとわかっていただけましたか？」

「……っ……」

菫色の瞳からは堰を切ったように涙が溢れ、クレイグに縋り付く。

「無事で良かった……本当に……本当に……」

クレイグはコートを脱ぐと、これ以上濡れないようにとレティシアの頭へ被せた。コートの内側からは彼の優しい香りがして、ほっとする。

「でも、どうして貴方がここに？　大事なお話中だったんじゃ……」

「貴女よりも大事なものなどありません。話は後です。雨が強くなってきました。急いでここを離れましょう。近くに馬を繋いでいますので」

ファントム国へ着くまでは、命を落とすわけにいかない。このまま足を進めても、途中で倒れてしまうだろう。頷《うなず》くとひょいっと抱き上げられ、レティシアは涙に濡れた目を丸くした。

「ク、クレイグ王子、離して！　私、尻もち付いちゃって、お尻と手に泥が付いて……あ、貴方の服を汚してしまうわ」

「そんなことですか。構いません。急いで走りますからかなり揺れると思います。私にしっかり掴まっていてくださいね」

馬に乗るのは初めてだ。馬上から地面まではかなり高さがあり、レティシアは手が汚れているのを忘れ、クレイグにしっかりとしがみ付いてしまう。

「きゃっ……」

「そのような感じでしがみ付いていてください。ああ、話すと舌を噛《か》むので、口は閉じていてくださいね。では、行きますよ」

走り出した馬は思った以上に揺れ、レティシアは絶叫しそうになるのを必死で堪えた。

◆◇◆

しばらく走ると、森の中に大きな屋敷が見えてきた。クレイグは屋敷の前で馬を止め、レティシアを抱いて中へ入る。

ここはクレイグが個人的に所有している別荘らしい。彼はレティシアを下ろすと、ランプに明かりを灯し、暖炉に火を付けた。こうして彼自ら屋敷を整えていく姿を見ていると、彼がファントム国で執事として仕えてくれていた時のことを思い出す。

シャツは雨に濡れ、彼の逞しい身体を透かしている。銀色の髪から垂れる水滴は、ダイヤモンドのように綺麗だ。ファントム国で想《おも》いが通じ合うまで、レティシアはこうして彼の働きをこっそりと盗み見て、胸をときめかせていた。

「火に当たって待っていてください。今、バスルームの用意を整えてきますので」

「あ……っ！　私も何か手伝いを……」

「大丈夫ですよ、慣れていますから。すぐに調えてまいりますので、待っていてください」

確かにそうだ。下手に手を出しては、執事として数年働いていた彼の足を引っ張るだろう。

素直に頷き、暖炉の火に当たる。冷えた身体に熱が戻ってきはじめた頃、宣言通りすぐにクレイグが帰って来た。

「準備ができましたよ。話は温まりながらすることにしましょう。泥だらけになった身体を、隅から隅まで洗ってさしあげます」

「え！　すすす、隅……から隅までって、ま、まさか一緒……に？」

「まさかというか、もちろんそのつもりです。さぁ、行きましょう」

一緒になんて無理だと拒んでも、クレイグが許してくれるわけがなかった。最終的には抱きかかえられ、バスルームへ連行されてしまう。やっとのことで下ろして貰うと、彼のシャツが泥だらけになっていることに気付く。

「ご、ごめんなさい。私のせいで服が泥だらけに……」

「こんなものどうでも良いです。それよりも早く温まらなくては、風邪を引いてしまいますね」

泥や濡れたドレスを脱がされ、レティシアはあっという間に生まれたままの姿にされる。彼に裸を見られるのは初めてじゃないけれど、恥ずかしくて堪らない。

「……ほ、本当に二人で入るの？」

「当たり前です。我が国では恋人や夫婦は、なるべく一緒に入浴することを法律で義務付けていますから」

「えっ！　そうなの？　不思議な法律ね」

今でもまだ恋人なのだろうか、と普段なら困惑するだろうが、驚きのあまり気が回らなかった。

クレイグはくすくす笑いながら、泥だらけになったシャツを脱ぐ。

彼と身体を重ねたことがあっても、こうしてまじまじと裸を見るのは初めてだ。意外と筋肉質で、当たり前だけど、クレイグは男の人なのだと意識させられてしまう。

「……まぁ、嘘《うそ》ですが」

そんなことを考えていたレティシアの耳に、クレイグが小さな声で告げた暴露は全く届いていない。

見られていることに気付いていても、クレイグは恥ずかしがる様子は全くなかった。間もなく下も脱ぎ始めたので、レティシアは慌てて後ろを向く。

わ、私ったら、こんなに凝視するなんてはしたないわ……。

「急に後ろを向いて、どうしたのですか？　じっくりと見てくださって構いませんよ？」

「そ、それは……その……っ……くしゅん！」

言い訳をしようとしたら、くしゃみが出てしまう。

「大丈夫ですか⁉　早く温まらないと」

クレイグはすぐに下穿きを脱ぎ捨て、真っ赤な顔をしたレティシアを抱き上げた。自分で洗えると拒んでも、一人で洗うことを許してもらえない。彼は宣言通り、レティシアの隅から隅まで洗い上げた。

ぴかぴかの身体を乳白色のお湯に沈めると、やっと身体を隠せた安堵《あんど》でため息がこぼれる。温かい……。

バスタブの中はとても広い。二人で入っても、のびのびと足を伸ばせるほどだ。それなのにクレイグは後ろから抱きしめてきて、離して欲しいとお願いしても、全く離そうとしない。

「……で、私に何かを話してくれる予定だった貴女が、どうして王家の抜け道を使って城の外に出た挙句、こんな森で彷徨《さまよ》っていたのでしょうね」

とても低い声で、彼が静かに怒っているのがわかった。

「大嫌いな私の目が届かないのを良いことに、私の手の届かないどこか遠くに逃げようとした……というところでしょうか？」

「ち、違うわ！　そうじゃないの……っ……大嫌いなんかじゃない……っ！　本当は大好きだもの！」

レティシアは咄嗟《とっさ》に向き直り、クレイグの目を真っ直ぐに見て伝える。彼は切れ長の瞳を丸

くすると、頬をほんのりと赤く染め、口元を綻ばせた。

「……すみません。逃げ出そうとしたのではないこと……ちゃんとわかっています。心配をかけさせられた分……私を待っていてくれなかった分、ちょっと意地悪を言いたくなっただけなんです。……責任を取るため、ファントム国へ帰ろうとしていたのでしょう？」

「クレイグ王子……全部、知って……？」

「ええ、フローラから聞きました。抜け道を使ったことは、アンナからですが」

レティシアから話を聞いたフローラは、王とクレイグが話し合いを行っていた部屋の前で今か今かと終わるのを待っていて、終わると同時に転がり込むようにクレイグに事情を話してくれたらしい。

急いでレティシアの部屋を訪ねたけれど、時はすでに遅く、部屋はもぬけの空だった。代わりに得意気な笑みを浮かべているアンナがうろうろしているのを見つけ、事情を聞こうと……するよりも早く、彼女は得意気に『レティシアお姉様のお手伝いをしたの！』と自慢してきたので、事態を素早く把握することができたのだ。

「あと少しでも遅かったらと想像したら……ぞっとします」

あと少しでも遅かったら、今頃レティシアは狼の餌になっていただろう。あの時の恐怖を思い出し、がたがた震え出してしまうと、息が苦しいぐらいに強く抱きしめてくれた。

「レティシア、貴女が生きているから暴動が起きているなど、アデーレが吐いた真っ赤な嘘です」

「え……？」

——う、そ……？

「……暴動は確かに起きています。ですが貴女が生きていることが原因ではありません」

「どういうこと……なの？」

原因は、やはりレティシアだった。

けれどレティシアが生きているからではない。レティシアがプレナイト国へ攫《さら》われ、酷《ひど》い目に遭わされているのではないかと心配した国民が集まり、直訴しにきたというのが真実だった。

「どうして……私、国民から心配してもらえるような、立場にないわ……」

悪王と正妃の娘であり姫であるレティシアは、憎まれるのが当然だ。なぜレティシアの身を案じ、暴動まで起こしたのだろう。

「貴女はファントム国民の中で、有名なのですよ」

「え、え？　有名って……悪王の娘ってこと……かしら？」

「いいえ、良い意味で」

にっこりと微笑んだクレイグは、蜂蜜色の髪を撫でながら話を続けた。

「レティシアが名を偽り、教会で慈善活動をしていたことは、とっくに皆知っています」

「……えっ⁉」

いきなり教会の手伝いをさせて欲しいと現れた、素性の知れない少女——。

庶民らしい服装をしているが、どう見ても頭の天辺から爪先まで手入れされていて、見るからに庶民ではない。

しかもレティシアが現れてからというもの、教会に寄付金が届くようになったこともあり、どう考えても怪しいと思った人々は、レティシアを探ることにした。

手伝いを終え、人目に付かない道を選ぶように帰るレティシアに気付かれないようこっそり追いかける。するとレティシアは城門裏口前で、少女一人がぎりぎり入れるような抜け穴をくぐり城の中へと入って行った。

蜂蜜色の髪に、菫色《すみれいろ》の瞳をした少女——。

レティシアは民衆の前に姿を現していなかったが、悪王アルマンと正妃エリザベスの間に娘が居て、身体が弱いためにどこか遠い地に療養へ行っていることは公表されていた為、その存在は知られていた。

レティシアの髪や瞳は公表されていた情報と同じで、健康になって城へ戻ってきているとすれば、年齢も一致する。

自分達を苦しめている王族のくせに、身分や名を偽り、寄付金や手伝いなどをするとは何が目的なのだろう。遊びの一環か？　それともからかっているのだろうか。人々の怒りは頂点に達したが、アルマンの娘に手出しをすれば、自分達の身が危ない。怒りを堪え、レティシアを受け入れる他、道はなかった。

そんな中――教会を手伝うある婦人の娘が、数日の休暇を取って実家へ帰って来た。

彼女はファントム城に仕えるメイドで、名はカロル。偶然にもレティシア付きになった女性だった。

『レティシア姫ってのは、どんな娘だい？　王に似て、さぞ酷い女なのだろうね！　あんた、嫌な目にあっていないかい？』

帰省して早々に問いかけられた言葉に、カロルはわなわなと震え、激高した。

『レティシア様は、そんな方ではないわ！　母さんったら、どうしてそんなことを言うの⁉』

カロルはレティシアの城での生活、アルマンや側室、きょうだい達から受けている仕打ちを涙ながらに語り、驚愕《きょうがく》した婦人は教会でのレティシアの働きを娘に話す。

城下では婦人からレティシアの城での話が伝わり、城の使用人達の間ではカロルが城下でのレティシアの行動を伝えた。

「あ、貴方以外には誰も知られてないと思っていたのに……」

「知らなかったのは、レティシアだけですよ」

しかも事実を知ってから、教会までの往復が危ないのではと、兵が日替わりで跡を付けて護衛していたらしい。アルマンに決して知られてはいけないと、使用人達の結束も強まっていたそうだ。

そしてレティシアがプレナイト国へ連れて行かれたと知った国民達は、彼女が酷い目に合わされているのではないかと心配し、暴動を起こした。

皆城門に押し寄せ、口々にレティシア姫を返せ。酷い目に遭わせたら、プレナイト国を滅ぼしてやると叫んでいるそうだ。

レティシアは無事で、近々その証拠を必ず見せると説得して返すが、翌日の早朝には『まだか？　嘘を吐《つ》いているのではないか』と、押し寄せてくるのだという。

目の奥が燃えるように熱くなって、レティシアの瞳からは大粒の涙が溢《あふ》れた。

「私……っ……早くお父様からみんなを助けたいって思っていたのに……結局は無力で、何もできていなかったわ……それなのに、みんなは……私のために……」

そんな心配をしてもらえる資格なんて、どこにもない……！

嬉《うれ》しいけれど心苦しくて、涙が次々と溢れる。零《こぼ》れた涙は、乳白色のお湯にゆらゆらと落ちていく。

「何を言っているんですか？　貴女が無力だなんて、ありえませんよ」

クレイグはレティシアの涙を唇で拭い、大きな手で頬を包みこむ。

「貴女は絶望に包まれたファントム国で、正しい心を忘れずに自分を貫き、人々の心に希望の光を灯《とも》したのです。貴女がいる限り、まだ自分達は大丈夫だ——と」

菫色の瞳からまた大粒の涙がほろりと零れたその時——クレイグは震える赤い唇に、自らの唇を重ねた。

「ん……っ」

　柔らかな口付けに、心が震える。

「……っ……ん……ぅ」

　口付けは次第に深くなって、情熱的なものとなる。舌が絡み合い、擦りつけられるたびに小さな甘い声が漏れ、息が乱れた。

　どれくらいの間、唇を貪りあっていたのだろう。離す頃には銀色の糸が二人を紡いでいた。

「レティシア……私は先ほど父に、プレナイト国の王位継承権を放棄することを宣言してきました。王位は第二王子である弟のクルトが継ぐでしょう」

「え……!?　ど、どうし……えっ……えぇっ!?」

　質問したいのに、驚愕しすぎて上手く言葉が紡げない。

「ですが、ファントム国の王になる権利をむしりとってきました。レティシア、私と結婚し、ファントム国を二人で守っていきましょう」

「…………え?」

　あまりに驚きすぎて、頭が真っ白になる。

　クレイグがファントム国の新しい王に?　え?　ええ!?

　レティシアは目をまん丸くしたまま、言葉を紡ぐことができない。

「レティシア、聞こえていますか？　……もしかして、のぼせてしまったでしょうか？　大丈夫ですか？」

頬を撫でられ、ぶるぶると水を浴びた猫のように首を振った。濡《ぬ》れた髪に付いた水滴が飛んでも、今聞いたとんでもない話は耳にくっ付いたままだ。

「ち、違うの。ご、ごめんなさい。ものすごい幻聴が聞こえちゃって……」

狼狽《ろうばい》しながら答えると、クレイグはくすくす笑い出す。

「幻聴などではありませんよ。レティシア、愛しています。私と結婚してください。貴女《あなた》の愛するファントム国で、恋人ではなく、夫婦になりたいのです」

「げ、幻聴じゃなかったの⁉」

狼狽するレティシアを見て、クレイグはとうとうお腹《なか》を抱えて笑い出す。笑い過ぎたせいで眦《まなじり》には涙が浮かんでいる。

「……だ、だって、驚きすぎて……こんなの、幻聴でしかありえないと思って……そ、そんなに笑わなくてもいいじゃないっ」

恥ずかしさのあまり、レティシアは赤く染まった頬を子供のようにぷっくり膨らませた。

「すみません。あまりに貴女が可愛くて……」

クレイグはひとしきり笑い終えると、打って変わって不安気な表情を浮かべ、レティシアの両頬を大きな手で包み込む。

「……私を好いてくださっているというのは、本当……ですか？」

「ええ、本当よ……。酷いことを言ってごめんなさい……私、お父様を手にかけられたから、貴方《あなた》を嫌いと言ったわけじゃないの……私……貴方を誤解していたの……ごめんなさい……」

「誤解？」

青く綺麗な切れ長の瞳が丸くなる。

「わ、私……慰み者に……されたのだと思って……」

「え……慰み……？」

青く綺麗な切れ長の瞳が、更に丸くなる。

「その、貴方は敵国に三年間も居たわけ……でしょう？　鬱憤《うつぷん》が溜まっておかしくない……状況だったわけで……」

ああ、なんて彼にとって不名誉な誤解なのだろう。気まずくて説明する声がどんどん小さくなっていく。

「……つまり、その鬱憤を晴らすために、偽りの気持ちを口にし、貴女の身体を弄んだと？」

「ご、ご、ごめんなさい……！」

申し訳なさのあまり思いきり頭を下げたら、水面に顔を突っ込んでしまった。

「大丈夫ですか⁉」

「けほっ……けほっ……ご、ごめんなさ……」

クレイグは近くにあった洗い立てのタオルを手に取り、びしょびしょになったレティシアの顔を丁寧に拭ってくれる。

「……いえ、私がいけないのです。誤解されても仕方がありません……私がもっと早くに説明していれば、貴女を不安にさせずに済んだのに……」

青い双眸《そうぼう》が、後悔と悲しみに揺れた。レティシアは慌てて首を左右に振り、大きな手を両手でぎゅっと握った。

「ち、違うわ！　クレイグ王子は何も悪くないの。私がちゃんと話を聞かなかったのが悪いの……！」

だってクレイグは、何度も何度も説明しようとしてくれていた。それなのに聞きたくないと駄々を捏ねていたのはレティシアの方だ。

「いいえ、そもそも最初から……ファントム国にいた時から説明しておけばよかったのです。そうすればこんなことには……」

「貴方が説明してくれなかったのには、何かわけがあったのでしょう？」

……そうよ。どうしてそのことに気付かなかったのかしら。

「作戦が失敗した時を考えて、私に被害が及ばないようにとか……そういうことだったんじゃ……」

「……それは……その、そう、です……が、貴女には話しておくべきでした……私の判断が誤っていました。申し訳ありません……」

クレイグが後悔で顔を歪《ゆが》めるのを見て、レティシアはぶるぶる首を左右に振った。

「違うわ！　貴方が悪いわけじゃない……私が……」

「いえ、私が……」

どちらも自分が悪いと譲らず、押し問答が続く。けれどふと言葉が途切れた瞬間お互いの顔を見合わせ、同じタイミングで笑ってしまう。

「貴女は相変わらず頑固ですね」

「ふふ、クレイグ王子こそ……」

いつまで経っても自分が悪い。という口論から脱せないので、どちらとも悪かった。という結果になった。

「ですが、これだけは譲れません。私のことを言い加減『王子』を付けて呼ぶのは止めてください」

想《おも》いが同じだと知った今、もう彼の名を呼ぶのに遠慮はいらなくなった。

「あ……そうね。じゃあ、えっと……クレイグ……」

「はい……」

嬉しそうに口元を綻ばせるクレイグを見ていると、心をふわふわの羽で擽《くすぐ》られているような気分になる。

愛おしくて、愛おしくて、悲しくもないのに涙が出そうだ。

「でもクレイグ……本当に、いいの……？」

「何がですか？」

プレナイト国の恩恵を約束されているとはいえ、ファントム国の立て直しは相当骨が折れるはずだ。今までの侵略行為で他国からの恨みも相当ある。いつ攻め込まれたとしても、おかしくないだろう。

「ファントム国の王になったら、貴方にきっと辛い思いをさせてしまうわ……貴方を不幸にさせちゃうんじゃ……ンぅ……っ⁉」

いきなり唇を奪われ、激しく啌内《こうない》を貪られた。

「んぅっ……んん……ン……っ……！」

とろけた舌を根元から何度も吸われると、お腹の奥がどんどん熱くなって、花びらの奥が甘く疼《うず》き出す。

長い口付けの後――レティシアの潤んだ瞳に映ったのは、なぜか不機嫌そうに眉を顰《しか》めているクレイグの顔だった。

「貴女はいつも、いつも、……いつもいつもいつもいつも、人のことばかり考えて、人の心配ばかりして、いい加減にしなさい」

「え？　あ、あの……」

なんで怒っているの……⁉

じっとりと睨《にら》まれ、狼狽していると両頬を軽く摘まれ、みょーんと伸ばされた。

「ひうっ……⁉」

「私が聞きたいのは、そんな言葉ではありません。貴女の気持ちです。貴女と共に歩んでいくのです。不幸になるわけがないでしょう。辛い思いをさせる？　そんなわけがないでしょう。見くびらないでください」

「ク、クラウヒュ……？」

「好きな女と、好きな女の愛している国の一つや二つ、私が守れないとお思いですか？　ごちゃごちゃ細かいことばかりを考えていないで、貴女もファントム国も両方幸せにしますから、私と結婚しなさい。いいですね？」

「は、はひ……」

圧倒されて、思わず素直に返事をしてしまう。クレイグは満足そうに笑い、『よろしい』と言って、頬から手を離してくれた。

「……す、すみません。なんだか求婚と言うよりも、脅したようになってしまいましたね」

「そんなことないわ！　嬉しい……クレイグと結婚できるなんて夢みたいだわ。あの、もう一回つねってもらえる？　今度はもう少し強めに。夢じゃないってわかるくらいで」

あまりに幸せ過ぎて、本当に夢としか思えない。

しまう。


「ええ、いいですよ」

クレイグは少しだけ意地悪な笑みを浮かべると、待ち構えるレティシアの乳首をきゅっと摘まんだ。先ほどの口付けで起ち上がりつつあった先端は、今の刺激で完全にいやらしく尖《とが》ってしまう。

「ひゃっ⁉　あ……ど、どうして……そこ……っ……」

「つねって欲しいと頼んだのは、レティシアですよ?」

「そ、そこじゃなくて、ん……ぅっ……私……頬のつもりで……」

ほんのり赤く染まった胸を揉《も》みしだかれ、更に硬くなった乳首をくりくり転がされると、身体が跳ねて、お湯が大きく揺れる。

「ぁ、ン……や……だ、駄目……っ」

「こちらへ刺激の方が、夢ではないとわかるでしょう?」

クレイグはしっとりと囁き、耳の形をなぞるように舌を這わす。

「も……わかった……から、ん……っ……夢……じゃないって、もう、わかったから……」

これ以上されたら、理性がどこかへ行ってしまう。おかしくなってしまう。

「そうですか。それは良かったです」

これで止めて貰《もら》える……。

ほっとした反面——もう終わってしまうのかと身体が落胆するのがわかった。

恥ずかしい。まだ少ししか触れられていないのに、もう辛くなるほど呼吸が乱れている。

私の身体、なんて淫らになってしまったの……？

「ひゃうっ……!?」

けれどクレイグは、触れるのを止めようとしなかった。

耳をねっとりと舐《な》めあげながら、片手で胸を可愛がり、空いている方の手で太腿《ふともも》を撫で始める。

「ぁ……っ……ど、どうして……も……ぅ、夢じゃないって……わかったのに……」

「ええ、わかっていただけて何よりですが、こんなに美味《おい》しそうな姿を見せられては、我慢できません」

「だ、だったら……あの、せめてここじゃなくて……し、寝室……で……ぁっ……ン……」

太腿を撫でていた手が内腿《うちもも》に到着し、花びらを割った。

「レティシアからベッドに誘っていただけるなんて初めてですね？　いつからそんな大胆な誘い方ができるようになったのですか？」

「意地悪なこと……っ……ン……言わないで……私、そんなつもり……じゃ……ない……もの。バスルーム……は、身体を洗う場所で、こんなことをする場所……じゃな……ぃって……言いたくて……」

「そうですか。では、どうして身体を清める場所で、こんなにもぬるぬるになっているのでしょうね？」

　花びらの間を、熱い指が往復する。

「……っ……ぁ……こ、これは……その……石鹸《せっけん》……で……」

　恥ずかしくて気持ち良かったから。だなんて、絶対に言えない。すぐにわかってしまうだろうとわかっていても、つい下手な嘘《うそ》を吐《つ》く。

「先ほどしっかり洗い流したつもりでしたが、残っていましたか？　申し訳ありません。では、しっかりと綺麗にさせていただきましょう」

　意地悪に唇を吊り上げたクレイグは、親指の腹で敏感な粒をぬるぬると転がす。中指を膣道へ潜り込ませ、蜜を掻き出すようにぬちゅぬちゅ動かされると、意識がどこかへ飛んでしまいそうだ。

「ふ、ぁっ……お湯……入ってきて……っ……あ、ぅ……だ、だめ……っ……そんなの……」

　首を左右に振ると、クレイグはくすっと笑い、さらに指の動きを激しくする。

「石鹸を残しておくわけにはいかないですから、我慢してください」

「……っ……ンぅ……ち、違……本当は……石鹸……なんか……じゃ……」

「石鹸だと言ったのは、レティシアですよ？」

　クレイグだって絶対にわかっているはずだ。

　いつもは中を掻《か》き混《ま》ぜられると粘着質な音が聞こえるけれど、お湯の中だから腕を動かすたび、レティシアが身をよじらせるたび、ぱしゃんぱしゃんとお湯が揺れ、バスタブから溢《あふ》れる音が聞こえる。

いつもならなんの変哲もない音なのに、今は淫らで淫猥《いんわい》に感じるのはどうして？　立てではいけない音のようにさえ感じてしまう。

「洗い流しているはずなのですが、余計ぬるぬるになってきましたね？　襞《ひだ》もふっくら膨れてきましたよ」

「い、意地悪……しないで……」

どうして襞が膨らむのかはわからないけれど、そのせいか敏感になって、クレイグの指の形がわかるみたいだ。

快感に肌が粟立ち、額に滲んだ汗が垂れる感触だけでもどうにかなりそうだった。下腹部で快感の粒がじわじわと大きくなって塊となり、破裂しそうなほど膨らんでいくのがわかる。

このままじゃ、私……もう……。

頭の中がだんだん真っ白になっていって――今にも快感の波にさらわれて、溺れてしまいそう。

くらくらして思考がぼやけていくと、身体の欲求が剥《む》き出《だ》しになっていく。

クレイグに指で弄《いじ》られるのは好き……でも、もっと中を広げて欲しい。長い指でも届かない……もっともっと奥を突いて、ぐりぐり擦って欲しい――。

レティシアはクレイグの背中に手を回し、身体を押し付けながら必死にしがみつく。すると彼の硬くなった欲望が身体に当たるのがわかって、蜜口が辛いほど収縮を繰り返す。

「クレイグ……わ、私……指、じゃなくて……」

理性は髪の毛一本ほどに擦り切れたけれど、羞恥心はたくさん残っていた。けれどもう、我慢できない。

肉棒をおねだりするように腰が揺れると、中に入ったままになっている指が蜜襞に擦れて、ぞくぞくする。

「腰が揺れていますけど、どうしました？」

じれったい刺激に下腹部が震え、涙がこぼれた。

「ン……ぅ……っ……クレイグ……お願い……も……意地悪、しないで……指……じゃなくて……私、クレイグ……が欲しい……」

「そんな誘い方をするなんて、反則ですよ……もっと貴女《あなた》の身体を隅々まで味わってから……と思っていたのに……もう、我慢できません」

クレイグは長い指を引き抜くとレティシアの身体を持ち上げ、自身を宛てがう。

「ぁ、あぁっ……ン……ぅ……っ……」

支えられていた手からゆっくり力を抜かれると、体重がかかり、ぬぷぷとクレイグの欲望を自ら呑み込んでしまう。

「……中……ぬるぬるですね……石鹸など、比べものにならないくらいに……」

押し広げられる感触が堪《たま》らなくて、身悶《みもだ》えが止まらない。最後まで呑み込むと、いつもより深くクレイグを感じる。

「……っ……クレイグ……ふ、深い……の……な、中……いっぱいで……」

こんなに深く受け入れて、大丈夫なのだろうか。全く隙間がなくなるほど中を埋められていて、意識がどこかへ行ってしまいそうなほど気持ちが良くて、少し怖い。

「痛み……ますか？」

心配そうに顔を覗《のぞ》きこまれ、レティシアは首を左右に振る。

「き、気持ち良すぎて……怖い……私、大丈夫…なのかしら？」

菫色の瞳に涙をいっぱい溜めて訴えると、中に入っていた欲望がびくびく震えて、また大きくなるのがわかった。

「えっ……？　ク、クレイグ……だめ……っ……もう、大きくならないで……これ以上……大きくなったら……さ、裂けちゃう……」

「レティシアが私を欲情させるのがいけないのです。裂けたりしませんから、安心してください」

「ほ、本当……？」

「ええ、今から証明してみせますよ。ほら……」

下からずちゅずちゅとゆっくり突き上げられ、目の前に快感の火花が飛ぶ。

「ぁっ……あぁっ……ン……ぅっ……んんぅ……っ……」

「……っ……ほら、裂けない……」

「で、も……こ、こんなに……広がって……っ……」

みっちりと詰めこまれた肉棒に擦り付けられた幾千もの襞が、快感に打ち震える。

肉傘ですでに下がり始めていた子宮口をごりごり擦られると、残りわずかだった理性が削られてしまうようだ。

「どんなに？　見せてください」

「あ……っ……だ、だめ……っ……恥ずかし……」

クレイグは少しだけ身体を離し、花びらを開いて、繋がった部分を剥き出しにする。蜜穴はめいっぱい広がっていて、肉棒をぎゅうぎゅうに締め付けていた。

「ああ、本当ですね。私のモノをいやらしく咥《くわ》え込んで、小さくて可愛い穴がこんなにも広がっている……」

そのまま上下に揺さぶられると、抜き差ししている様子が視界に飛び込んできて、羞恥のあまり目を覆いたくなる。

「ぁっ……だ、だめ……クレイグ……んんぅ……っ！」

「こんなに柔らかいのですから、裂けるわけがありませんよ。ほら……」

「ンぅ……っ……は……ぁ……んんっ……や……き、気持ちい……ぃ……」

　上下に揺さぶられるたびにバスタブからお湯がこぼれ、豊かな胸がたぷたぷ揺れる。

「見ているだけで達しそうなほど、扇情的な姿ですね……」

「み、見ちゃ……だめ……っ……ン……ぅっ……あっ……あぁ……っ」

「……今、また締め付けが強くなりましたよ。見られるのは、嫌いではないようですね？」

　意地悪に微笑まれ、顔が燃え上がりそうなほど熱くなった。両目を隠したくても、溺れてしまいそうでクレイグを掴《つか》む手が離せない。

「恥ずかしい……の……もう、そんなに見ないで……お願い……」

「……妻にそんな可愛いおねだりをされては、断れませんね……」

　羞恥に震えるレティシアを強く抱きしめると、クレイグは熱い息を吐いて抽挿を速めた。

「……あっ⁉　……や……っン……」

「これで見えません。その代わり私のお願いも聞いて貰いましょうか」

「お、願い……？」

　どこかに行ってしまいそうな意識を必死に縫い止め、喘《あえ》ぎまじりに質問する。

「もう、意地悪をする余裕も、我慢をする余裕もありません。見ない代わりに、貴女を激しく求めさせてください……」

　そう熱く囁くと、クレイグは下から激しく突き上げ始めた。お湯はじゃばじゃばと音を立て、勢いよくバスタブの外へ零れていく。

「あぁ……ン……ぅ……っ……クレイグ……は、激しすぎて……っ……あ……あぁっ……！」

弱い場所をたっぷりと擦られ、うねり返る膣道は淫らな蜜とクレイグの先走りでいっぱいになっていく。

「良すぎて……狂いそうです……」

切なげな声で囁《ささや》かれると、胸の中がきゅぅっと甘く締め付けられる。同時に蜜穴までも締まってしまい、クレイグがよりいっそう息を乱すのがわかった。

どんな顔をしているか見たいのに、強く抱きしめられているから叶《かな》わない。

でも、離して欲しくない。もっと強く抱きしめて、もっと強く繋がりたい――。

大好き……クレイグ。貴方《あなた》にこうして抱かれているなんて……貴方と結婚できるなんて、嬉しすぎて死んでしまいそう。

一度達して散った快感の粒が再び集まり、先ほどよりも大きな塊になる。

「クレイグ……わ、たし……また……」

「私もです……レティシア、中に出しても？」

耳元で囁かれ、頬が燃え上がりそうなほど熱くなった。

「……っ！　ど、どうしてそんなこと、聞くの？」

「今までは中で出さないで欲しいと言われ続けていたので、聞かなくてはいけないかなぁと思いまして……？」

顔を見なくてもわかる。クレイグはきっと、意地悪な顔をしているのだろう。

「でも、今はもう、クレイグ……っ……あっ……」

いきなり腰を持ち上げられ、灼熱の杭が抜けてしまいそうになる。レティシアはふるふると首を左右に振って、涙を零《こぼ》す。

「やぁ……だ、だめ……ぬ、抜けちゃ……ぅ……」

「可愛い妻に嫌われたくないので、今回は外で出そうかと……」

「……っ……こんなに愛しているのに、嫌うはずなんてないわ……だ、から……ぬ、抜かないで……中……で出して……お願い……クレイグ……」

羞恥を我慢しておねだりすると、クレイグがとろけそうなほどの笑みを浮かべ、レティシアに優しい口付けを贈る。

「意地悪ばかりをしてすみません。愛しています、レティシア……」

愛《いと》おしそうに囁くと、クレイグは最奥に溢《あふ》れんばかりの愛を注ぎ込んだ。

◆◇◆

別荘で一晩を過ごしたレティシアとクレイグは、一度プレナイト城へ戻って態勢を調え、フアントム国へ向かった。

到着した時には夜になっていたが、ファントム城の周りにはレティシアの身を案じた民衆達がまた押し寄せていた。

民衆達の中にはレティシアが見知っている教会の手伝いをしていた婦人達の姿も見え、レティシアは兵に止められながらも我慢しきれず、馬車を飛び出してしまう。

「おばさま……！」

「ソフィちゃん！」

「やっと戻って来られたんだね……！　良かった……！　おばちゃん達、夜も眠れなくて……ああ、酷《ひど》いことされていないかい⁉　おばちゃんに良く顔を見せておくれ」

婦人達に強く抱きしめられると、嬉《うれ》しさと申し訳なさで胸の中がいっぱいになって涙が次から次へ零れた。

「心配させてごめんなさい……ずっと嘘《うそ》を吐《つ》いていてごめんなさい……」

「そんなことといいんだよっ！　無事で良かった……本当に……本当に良かったよ……」

レティシアの無事を確かめた婦人達は、レティシア同様ぼろぼろ涙を流し、周りの民衆達もつられて涙を流す。

この心優しい民衆達を、もう泣かせたりしない。飢えさせたりしない。苦しませたりしない。絶対に守ってみせるわ。クレイグと一緒に……！

馬車から降り、優しい微笑みを浮かべて名を呼んでくれたクレイグを見て、レティシアは絶対に実現してみせると心に誓ったのだった。


それから半年――。

クレイグと共に戴冠式を終え、国を立て直すために目が回りそうなほど忙しい日々を送っていた。

プレナイト国からの支援とクレイグの働きにより、傷はまだ消えていないけれど、半年という速さで国は立ち直りつつある。けれどまだまだ問題は山積みであり、気が抜けない状態だ。

「あら、レティシア姫！　まーた来てくれたのかい？」

「こんにちは、もちろんだわ。この前約束したじゃない。今日は食事の支度をして、その後は畑仕事よね。任せて！」

「でもいいのかい？　王妃様にこんな仕事をさせて……」

「私は私がやりたいことをしているだけよ。……というか、何かしていないと落ち着かないの。小さい頃から手伝いをしていたから、きっと日課になっているんだわ」

「あっはっは！　こんな働き屋の王妃、他にはいないんじゃないかい？」

「ふふ、働き屋かどうかはわからないけれど、じゃがいもの皮剥きの速さなら、どこの国の王妃様にも負ける気がしないわ」

　無理な納税は廃止されて飢えた人は減ったけれど、病気や怪我《けが》や老いで自ら働けず、教会を頼る者も多い。

　相変わらずレティシアは自分の仕事を終えた後は城を抜け出し、民衆達に交じっての手伝いを続けていた。

「レティシア様っ！　またこちらにいらっしゃったのですか⁉　あれほど黙って抜け出さないでくださいとお願い申したのに……！」

「ご、ごめんなさい。でも、言ったら止められるんだもの」

　畑仕事を終えた頃――眉を顰《しか》めた兵が現れ、レティシアは苦笑いを浮かべる。

「何かあったらどうするんですか！　貴女は王妃様なのですよ⁉　好意的に思っている民衆がほとんどではありますが、まだ憎しみに囚《とら》われている者もいるのですよ！　それに他国からの間者が入り込むという可能性も……」

「大丈夫だよ。王妃様はあたし達が守るからさ。ほら、武器もあるよ」

　農耕具を持ち上げ、婦人達はにかっと豪快な笑みを浮かべる。

「ふふ、頼もしいわ。でも、大丈夫よ。変装もしているし、私だって気付く人はいないと思うの」

　レティシアは庶民の装いに身を包み、蜂蜜色の髪は邪魔にならないよう一つに束ねてある。

どうだと言わんばかりにくるくる回るが、兵は眉を顰《しか》めたまま『全然変装になっていない』『庶民に全く見えない』とこぼす。

「我々のお小言などまるで聞いていただけないようです。……ということで、クレイグ様、お願い致します」

兵の後ろに隠れていたらしいクレイグが、にっこりと微笑みながら近づいてきたのでぎょっとする。

「えっ……！　ク、クレイグ！　貴方まで来ていたの？」

「ええ、急に妻がいなくなったのですから、心配して捜しにくるのは当然です。私にまで何も告げないで行くというのは、納得がいきませんね？」

こ、怖い！　笑っているのに、笑っていないわ……！

「そ、それはその……クレイグは政務で忙しいみたいだったし、声をかけて手を休ませるのは悪いなぁって思って……」

苦笑いを浮かべながら反論すると、クレイグの笑顔がさらに怖くなっていく。

「へぇ、そうですか。その件については、全く問題ないから気にしないで欲しい。ということで、以前話がまとまりましたよね？」

以前も怒られて、ベッドの中で散々責め立てられながら約束させられたのだった。

「そ、そうだった……かしら？」

うふ、と笑って誤魔化そうとしたけれど、クレイグはにっこり怖い笑みを浮かべたまま。一つにまとめていたレティシアの髪を解き、長い指ですくように撫《な》でる。

「忘れてしまいましたか？　では、思い出せるようにもう一度同じことをしながら話し合うことにしましょうか」

先日の激しい責め立てを思いだし、レティシアは赤面しながら首を左右に振った。

「ご、ごめんなさい！　覚えてるわ！　今度から絶対、絶対、絶――対……っ！　声をかけてから行くわ！　だから……」

「良い心がけですね。ですが、やっぱり忘れないように、今夜もう一度話し合うことは決定です」

耳元で囁かれ、レティシアは顔どころか指先まで真っ赤になってしまう。二人のやり取りを見て、周りは堪えきれない笑いを漏らす。

「レティシア姫、お迎えもきたことだし、もう帰った方がいいよ。今日もすごく助かったよ！　ありがとう」

「ええ、ありがとう。えぇっと、今度はクレイグの許可を取って来るわね」

今度は自分も時間を取って来るというクレイグを、周りが必死に止めた。ただでさえ激務なのに、これ以上の負担をかけるわけにいかない。

けれど彼は『愛する妻がしていることを自分もしてみたい』と告げ、諦めるつもりは全くないらしかった。

◆◇◆

クレイグの提案で、帰りは馬車を使わず二人きりでのんびり馬に乗って帰ることにした。

「煌《きら》びやかな装いを身に付けた姿も美しいですが、こちらのシンプルなものも似合いますね」

「そうかしら？　ありがとう。嬉《うれ》しいわ」

照れ笑いを浮かべると腰のラインをなぞられ、心臓が跳ね上がる。

「……まぁ、私が一番好きなのは、何も身に着けていない生まれたままの姿ですが」

「へ、変なこと言わないで！　もう……」

「変なことではありませんよ。真実です」

馬に乗るのは高くて揺れるから怖くて苦手だけど、クレイグがしっかり支えた上でゆっくり走らせてくれているから、怖くない。

「そ、そんなことよりも、政務の邪魔をしてごめんなさい。でも、こうして二人きりになれて嬉しいわ……なんて言ったら、呆れる？」

「今日の分は先ほど終わらせたので、全く問題ありませんよ。それに私も同じことを思っていました」

嬉《うれ》しくて口元を綻ばせると、腰に回された彼の手に力がこもる。

「……でも、あまり可愛いことを言わないでください。理性が破壊されます」

「えっ」

「全く……貴女《あなた》という人は、息を吐くように私の理性を破壊して回りますからね。馬上で抱かれたいんですか？」

「ええっ⁉　な……っ……そ、そんなの駄目に決まってるわ！　お、落っこちちゃうもの」

「……落っこちなければいいんですか？　案外乗り気みたいですね」

くすっと笑われ、レティシアは頬を燃え上がらせた。

「も、もう……っ……クレイグ……！」

クレイグは真っ赤な顔をして怒るレティシアを愛おしげに見つめ、口元を綻ばせる。

死体で覆い尽くされていた道には、今では可愛くて小さな白い花が咲いている。絶望と飢えで泣き暮らしていた人々は、今では少しずつだけど笑えるようになってきた。

幸せだわ……。

「今日はぽかぽか暖かくて、気持ちの良い日ね……風もどこかから花の香りを運んできてくれて、とてもいい匂い」

「ええ、本当に。でも風の香りよりも、私は貴女の香りの方が良い香りだと思いますが」

「も、もう、嗅《か》いじゃ駄目！」

今までは俯《うつむ》いてばかりで、こんな風に感じられる余裕が全くなかった。けれど今は空の青さや、風の柔らかさや、空気の香りまでも楽しめる。

こんな日が来るなんて……。

空を見上げると、雲一つない青空――どこまでも澄み渡っていて、まるでクレイグの瞳のようだ。

「ねぇ、クレイグ。空ってこんなにも青くて綺麗《きれい》だったのね」

こうして馬に揺られていると、空を飛んでいるようにさえ感じる。太陽が眩しくてそっと目を細めると、唇を重ねられた。

瞼《まぶた》を閉じると、幸せな未来が見えるみたいだ。

悲しい歴史を刻んだファントム国が、幸せな歴史を刻み始めて半年――。

そう遠くない未来……ファントム国は誰もが一度は住んでみたい素晴らしい国と言われるようになり、人々の笑みでいっぱいになるのだった。

エピローグ　内緒のラブレター

ある日の深夜――レティシアは、宝物の羽ペンを手に取り、寝室の机に向かっていた。

クレイグがファントム国の王位に就いてから半年が経《た》つが、国政はまだ不安定で、油断できない。片付けなければいけない問題が山積みになっているため、彼はほぼ毎日朝早くから深夜遅くまで政務を行っている。今日も時計が次の日を刻み始めたというのに、政務室にこもったまま出てこない。

身体を壊してしまうのではないかと心配で堪《たま》らないレティシアだったが、彼の体力は尋常ではなかった。こんな生活を送っているのだから疲れ果てているはずなのに、彼は毎夜のように激しくレティシアを求めるのだ。

彼曰く、レティシアは自分にとって心の栄養剤なので、求めれば求める程元気になって政務を頑張れるらしい。

強がりを言っているのではないかと思ったが、睡眠時間が極端に少ないはずなのにクレイグの目の下にくまは全く見当たらず、女性顔負けというほどつやつやきめ細かい肌質をしている。

いや、以前よりも良くなっているようにすら見えるほどだ。

今日は特に遅くなりそうだから先に寝ていて欲しいと言われたが、彼が頑張っているのに自分だけ休む気にはなれない。

なのでこういう時は密《ひそ》かに机へ向かい、彼が戻って来るまでこっそり手紙を書くことにしている。宛先人は、夫であるクレイグで、いわゆるラブレターというものだ。

恥ずかしくて渡す勇気は出せないので、今まで書いたものは引き出しの奥底に隠してある。

昔父に宛てて手紙を書いていた時には気が付けば眦《まなじり》に涙が溜まるほど辛かったが、クレイグに書いている時は胸の中が切なくて、甘酸っぱくて、とても幸せな気持ちになれる。

幸せだわ、とても……。

今日はどんなことがあったのかという雑談から始めて、クレイグのことをどれほど好きかという話に繋《つな》げていくが、いつも書ききれない。かなり分厚い枚数になっているのに、まだ書き足りない。

「ふぁ……」

大きなあくびが出てしまった。机に置いてある時計を見ると、午前二時を過ぎている。細かい字を書いていたせいか、少し目が疲れてきた。ちょっとだけ休ませようと机に顔を伏せ、目を閉じて数秒――レティシアはすぐに夢の世界へ向かってしまう。

◆◇◆

身体がふわふわする。雲の上にいるみたい。

あれ……？　私、どうしたのかしら……。

「ん……？」

そっと目を開くと、青空のような綺麗な瞳と目が合う。

「ああ、すみません。起こしてしまいましたか？」

「ううん、……政務は終わったの？　お疲れ様……」

重い瞼を指で擦りながら微笑むと、唇に優しく口付けをくれた。入浴を済ませてきたらしく、まだ少しだけ髪が濡《ぬ》れている。

「……って、やだ……！　ごめんなさい。私、貴方《あなた》の政務が終わるまで、寝ないで待っていようと思って……あっ……！」

手紙！　出したままだわ！

「どうしました？」

レティシアはすぐに飛び起きると、机の上に視線を向ける。さっきまで机に載っていたたくさんの手紙が、跡形もなくなっている。

ど、どういうこと……？　私、寝ぼけながらも、ちゃんと隠したのかしら……。

「い、いえ、なんでもないの」

渡さずに隠しておこうと思っているからこそ、実は結構大胆なことを書いてしまっているのだ。見られたら恥ずかしくて死んでしまう。

無意識でありながらも見られては大変だと、身体が勝手に動いたに違いない。いや、そうであると信じたい。

「ああ、そういえば今日も手紙をありがとうございます」

「…………えっ⁉」

クレイグはにっこりと微笑むと、懐からレティシアが先ほどまで書いていた手紙を出す。

「きゃあああああああっ！　ど、どうしてそれ……っ……か、返してっ！　というか今日も……⁉　今日もって言った⁉」

「ええ、私が遅くなる日は、必ず机の中に入れておいてくれていますよね。私もレティシアの真似《まね》をして返事をこっそり机の中に忍ばせているのですが、気付いていただけましたか？」

「う、嘘《うそ》……っ！」

ベッドから転がるように机へ向かい、引き出しを開ける。封筒が酷似しているから気付かなかったが、レティシアが隠していた手紙の代わりに、クレイグの返事が入っていた。

えええええ……⁉

「レティシアは手紙だと大胆になってくれるので、少し照れてしまいますね。……この間の抱き方は少々アブノーマルだったので、貴女に嫌われてしまうのではないかと気にしていましたが、……すごく良かったと思ってくれていたとは驚きました」

「きゃーっ！　きゃーっ！　きゃあああっ！　見ないで……っ！　こ、これは貴方への手紙だけど、貴方に渡すつもりがない秘密の手紙だったの……っ！」

顔から火が出そうだ。真っ赤になって手紙を取り返そうとするが、クレイグはあっさりとレティシアの手を交わし、腰を引き寄せる。

「今さら取り上げても、全部覚えていますよ。過去に貰《もら》った手紙は丸暗記できるようになるまで読み返しましたし、これからも読み返すつもりです」

そう言って微笑むクレイグは、とても意地悪な顔をしていた。その表情を見て悟る。彼はレティシアがこの手紙を渡すつもりで引き出しに入れていたのではなく、隠していたのだと知っていたに違いない。

「ク、クレイグ……貴方、知ってたでしょっ！」

「知っていた？　さあ、なんのことでしょう」

クレイグはわざとらしくとぼけると、情熱的に唇を重ねてくる。

「んぅ――……っ……ン……ぅ……っ……ふ……ぅ……んん……っ」

口付けなんかじゃ誤魔化されない！　隠していたものを見るなんて酷《ひど》いわ！

……と心の中で叫びながらも、身体はすでにとろけ始めていて、口付けに応えてしまう。薄いナイトドレス越しに胸を揉《も》みしだかれ、花びらの間からは蜜が溢《あふ》れ出す。

「……っ……ぁ……駄目……クレイグ……きょ、今日も……だなんて……」

「どうしてですか?」

「私達……その……ちょ、ちょっと……し過ぎ……じゃないかしら……」

普通の夫婦がどれほどの性生活を送っているかはわからないが、ほぼ毎日こうして彼に抱かれているというのは、し過ぎている気がする。

けれどクレイグは『し過ぎていることにどこか問題でも?』と全く気にしていない様子だ。そう言われてしまえば、明確な答えを持ち合わせていないレティシアはぐっと言葉を詰まらせるしかない。……というよりも、彼の手が花びらをなぞり始めたので、考えられなくなってしまう。というのが正しい。

「……それに、もし問題があったとしても止めませんよ。貴女からあんないやらしいお手紙を貰っては、欲情しない方がおかしいと思いませんか? もう少しも止められる気がしませんよ」

「い、いやらしい手紙なんて言っちゃ嫌……っ……ぁ……ン……っ」

小さな肉粒を指の腹で転がされ、レティシアはびくびく身悶《みもだ》えを繰り返す。

止められないのは、レティシアも一緒だ。早く彼を受け入れたくて、膣道が疼《うず》いて切ない。

「……今日のお返事は、レティシアの可愛い身体に書いても構いませんか？」

耳元で甘く囁かれ、レティシアは真っ赤になりながらも頷いて、彼の首元に縋り付く。

小鳥姫は今夜も、甘くて優しい彼の腕という鳥籠の中で、幸せのさえずりをこぼすのだった――。

あとがき

初めまして、蜜猫文庫さんにお邪魔させていただくことになりました。フリーランスでライターをしております、七福さゆりです！

このたびは「愛淫の代償～囚われの小鳥姫～」をお手に取っていただき、誠にありがとうございます！

本作は、苦労性（そして骨の髄まで貧乏性）なお姫様レティシアと、隠し事はできてもレティシアへの愛は全く隠しきれていない執事サミュエル（こちらから読んだ場合ネタバレしてしまいますので、色々と伏せます　笑）の恋物語となっております。

挿絵は高野弓先生にご担当していただけました！　高野先生、素晴らしく美しいイラストの数々を本当にありがとうございます！

私のお気に入りの一枚は、レティシアとアンナのツーショットです！　高野先生が描いて下さった、アンナのような可愛い妹が欲しいです！　私自身が一人っ子なため、小さい頃からきょうだいがいたら楽しいだろうな～と、憧れてしまいます。

特に妹が欲しかったです！　一緒に買い物へ行ったり、メイクや服の話をしたり、お互いのネイルをやり合うような仲の良い姉妹になりたいな～……と思うのですが、もし実際に妹が居たら『オタクなお姉ちゃんキモイ！　一緒に出掛けたくない！　姉妹だなんて思われたくない！』と言われて、嫌われること間違いなしですね！（笑）憧れは憧れのままだから楽しいのです……。

実はサミュエルにはもう一人別の弟がいる設定でして、レティシアにちょっかいを出してサミュエルに嫉妬させよう！　という役目を持って登場する予定だったのですが、ページ数が足りなくなったので残念ながらお蔵入りとなりました。

ちなみにページ数が足りなくなった原因は、サミュエルが毎度ねちっこくレティシアにいやらしいことをするためです（笑）

エロは絶対に削りたくなかったので、弟には地下層に潜ってもらいましたが、今思うと「私のレティシアにちょっかいをかけるなんて、万死に値します。絶対にカットさせてみせます！」というサミュエルの生霊によって操られた気がするとか、しないとか！

さてさて、今回はあとがきページをいつもより大目にいただけましたので、やったー！　何を描こうかな～と思ってパッと目についたのが、ほうじ茶がなみなみと入っているマグカップだったため、私の大好きな水分の話をさせて下さい～！

私、水分が大好きで、最近は一日に四リットルほど飲んでおります。

内訳は水出しほうじ茶二リットル、水二リットルです！　ジュースはほとんど飲まないのですが、ごくたまに飲むときは炭酸ばかり飲んでいます！　何も味が付いていない炭酸水も好き！　喉がシュワシュワするのがいいです。（喉がシュワシュワして気持ちいいので、ビールも好きです！）

お出かけする時には、必ず五百ミリリットルのペットボトルが鞄に入っていないと不安なので、私の鞄を選ぶ基準は、絶対ペットボトルが入る大きさとなっております（笑）なので私の持っている鞄は、どれもちょっと大き目です。

そんな水分好きの私が夢見ているのは、ウォーターサーバーを家に置くことです！　なので最近は暇さえあれば、色んなウォーターサーバー会社さんのサイトを見て条件や値段を見比べたりしていますが、結構お高くて踏ん切りがつきません！　でもでも、水とお湯が両方出てくるっていうのと、買いに行かなくても運んでくれるっていうのが魅力的すぎて、本当憧れです……！

やたらと水分ばかり取っている私ですが、友人と母から水中毒という恐ろしいものがあると教えていただきまして、ちょっとビクビクしています。

腎臓の処理能力を越えるスピードで水を飲むと、血液中のナトリウムイオン濃度が低下して、軽い疲労感や、頭痛、嘔吐、呼吸困難などになってしまうようですね。あまり飲みすぎないよう気を付けなければ……！　今のところ全く大丈夫なので、私のデッドラインは四リットルなのかな？　と勝手に思っています。四リットルを越えないよう我慢します！

水分は大好きなんですが、水泳は大の苦手です。（無理矢理水繋がり）水の中に入ると、沈むんですよね。力を抜いても沈むし、もがいても沈みます。脂肪は水に浮くとの話なんですが、脂肪でぶくぶくなのにどうしても浮けません！　なのでプールに行くときは浮き輪が必須なんですが、足が付かない深めのプールに行くと、この浮き輪がなんらかの理由で吹っ飛んでいったらどうしよう！　と気が気ではありません！

小学校の時にプールの授業があったのですが、ぼんやりしていたせいで先生の話を半分ほどしか聞いていなくて、周りのみんなが「はいっ！」と手をあげたので、私もつられて「はいっ！」と手をあげました。「今日楽しかった人〜？」「はーい！」的なノリかと思ったんです。でもそれは、水泳が得意な人たちで二十五メートルプールを競泳しよう！　参加したい人はあげないと空気読めない奴だな！　的な感じになると思ったんです。

手をあげてね！　というお誘いだったようで……。

二十五メートルどころか一メートルも泳げない私は、今さら「泳げません」とは言えずにプールに飛び込む羽目になりまして……。（完璧自業自得です）

どう切り抜けたかというと水中に潜り、ひたすら歩きました（笑）

もう半端なく苦しかったです。あの息苦しさは、今でもすっごい鮮明に思い出せます……！

結果は当然ビリでしたが、やべぇ完璧泳いでるように見えただろ！　と心の中で自画自賛しました。すっごいやり遂げた感でいっぱいでした！　……が、大人になってから考えると、足がバチャバチャ動いていないので丸わかりですね。もう当時の自分に、先生の話はまじめに聞けと言ってやりたいです……。

ということで、あっという間にページが埋まりました。

生み出した物語をこうして一冊の本にしていただくこと、そして皆様が手に取って下さること、本当に感謝しています。この本に携わって下さったすべての関係者様、本当にありがとうございます！

近所では「あの人、昼間から出歩いて怪しいわ……」的な感じで見られていますが、チキンで無害な人間ですので、もしよろしければどうか今後ともよろしくお願い致します！

そういえば私、ブログもやっております。

「妄想貴族」http://ameblo.jp/mani888mani/

お仕事情報など小まめに更新しておりますので、こちらもチェックしていただけたら嬉しいです！

それでは、またどこかでお会いできたら幸いです。この本を手に取って下さった皆様に、たくさんの幸せが降り注ぎますように☆

七福さゆり

Mitsuneko Label

蜜猫文庫をお買い上げいただきありがとうございます。
この作品を読んでのご意見・ご感想をお聞かせください。
あて先は下記の通りです。

〒102-0072　東京都千代田区飯田橋 2-7-3
(株)竹書房　蜜猫文庫編集部
七福さゆり先生 / 高野弓先生

愛淫の代償
～囚われの小鳥姫～

2014年6月28日　初版第1刷発行

著　者　七福さゆり　©SHICHIFUKU Sayuri 2014

発行者　後藤明信

発行所　株式会社竹書房
〒102-0072 東京都千代田区飯田橋 2-7-3
電話　03(3264)1576(代表)
　　　03(3234)6245(編集部)
振替　00170-2-179210

デザイン　antenna

印刷所　凸版印刷株式会社

Printed in JAPAN
ISBN978-4-8124-8960-4　C0193

この作品はフィクションです。実在の人物・団体・事件などには関係ありません。

Novel 如月
Illustration すがはらりゅう
生贄の花嫁
背徳の罠と囚われの乙女
いやだって？
こんなに蜜を溢れさせてねだっているのに
「まるで私が下僕のようだな。跪いて体を洗ってやるなんて」三日だけという約束で自動人形のふりをして伯爵家に納品されたヴィオラは、伯爵令息アレックスに執拗に愛される。服を脱がされいやらしく触れられても声を出さずに耐えたヴィオラだが、結局は正体を曝かれて、尋問を受けることに。処女を散らされ朝夕問わず激しく抱かれて淫らに変わっていく身体。彼はずっと傍にいろと言うけれど——!?
好評発売中！

鳥籠の中の愉悦
貴公子の指先に溺れて
Novel 夜織もか
Illustration ことね壱花
愛よりも甘い束縛をあげる
自分に執着する幼馴染みから逃れるため、公爵家令息クラウスに匿われることになったアンネリーゼ。穏やかで非の打ち所のない貴公子に見えたクラウスだがある日を境に豹変してしまう。「今日から君は、僕のものだ」優しく、しかし逆らうことを許さない強引さでアンネリーゼの乙女を奪い、屋敷に閉じ込めて毎日のように愛し続けるクラウス。狂気のような悦楽と変わっていく身体に怯えつつも、クラウスの自分への強い執着と孤独の影に惹かれてしまうアンネリーゼは?
好評発売中!

寵愛のエデン
花嫁は黒伯爵の甘い生け贄
Novel 斎王ことり
Illustration サマミヤアカザ
責めが快楽となるよう、
この肉体は調教されているはず
学院から逃げだし、少年姿に身をやつしてレジオン伯爵の城で働くことになったヴィアンカ。レジオンはヴィアンカを気に入るが、学院で出会ったことのある少女だと知って態度を変える。「おまえの身体はこれを気持ちいいと知っているはずだ」ヴィアンカを縛って陵辱したばかりか、少年姿のまま傍にいることを強要し、毎日のように彼女を愛するレジオン。傲慢な言動と裏腹な優しさに身も心も蕩かされていくヴィアンカだが——!?
好評発売中！